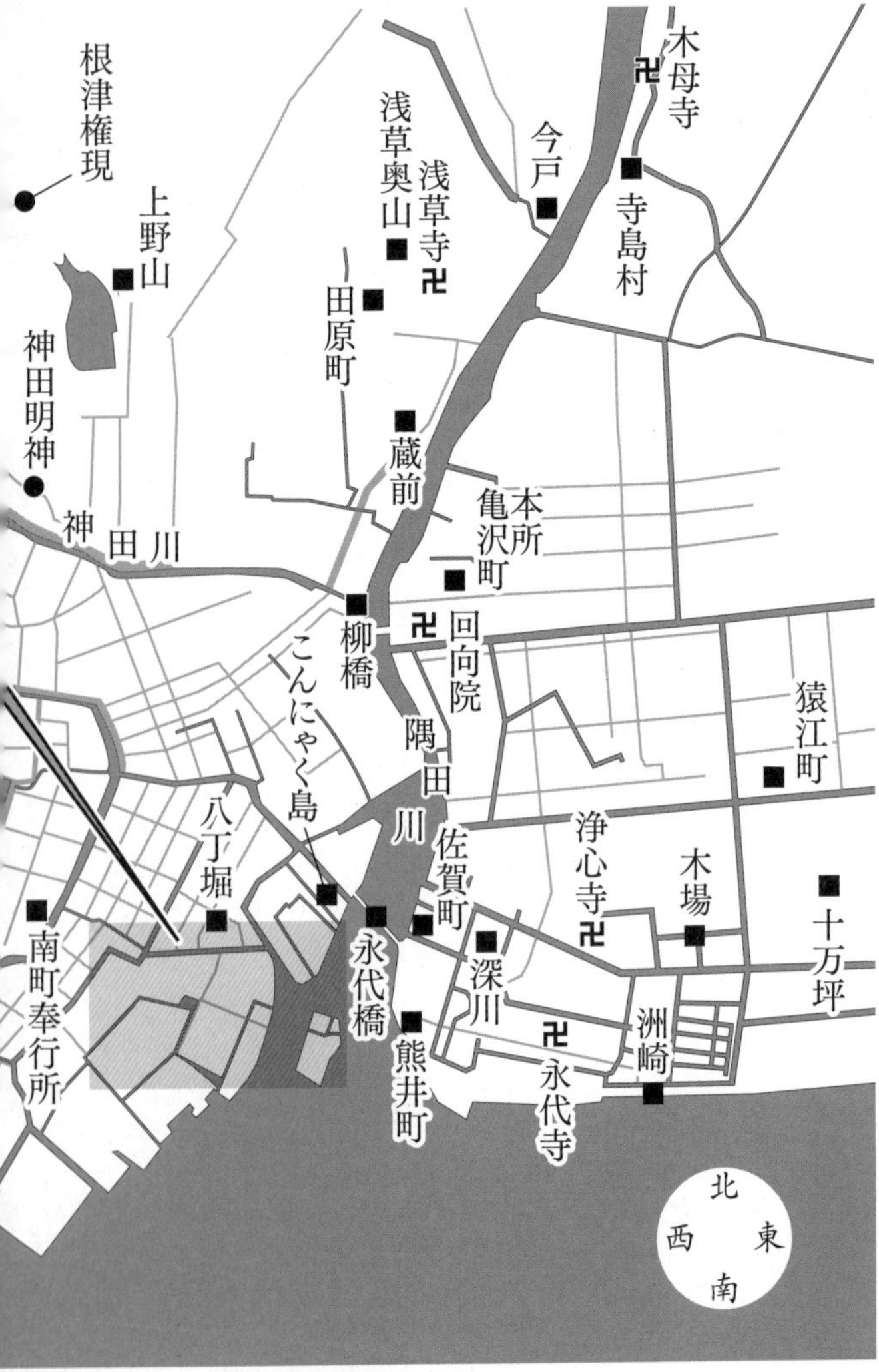

根津権現
上野山
神田明神
神田川
浅草奥山
浅草寺
田原町
今戸
木母寺
寺島村
蔵前
本所亀沢町
柳橋
回向院
こんにゃく島
隅田川
猿江町
八丁堀
佐賀町
浄心寺
木場
十万坪
南町奉行所
永代橋
深川
熊井町
洲崎
永代寺
北
西
東
南

「がんこ煙管」の舞台
京橋界隈
鈴木町「煙草屋」
居酒屋「そめじ」
弾正橋
白魚橋
京橋
中ノ橋
比丘尼橋
水谷町
栄三郎の「手習い道場」
紀伊国橋
新シ橋
木挽橋
木挽町二丁目
唐辛子屋「たけや」
西本願寺
石川島
佃島
船松町
江戸城
愛宕山
増上寺
芝森元町
品川

地図作成／三潮社

第一話　こうくり

一

江戸の空に雨雲が居座り始めた。

どうやら、このまま梅雨《つゆ》に入るようだ。

今日も朝から降り続く雨が、昼になっても一向に止《や》む気配を見せず、〝手習い道場〟の屋根を叩《たた》いている。

その、喧《かまびす》しい雨音に負けじと、道場には、

「えいッ」

「やあッ」

という、勇ましい気合が響き渡っていた。

京橋《きょうばし》の南東、水谷《みずたに》町にある〝手習い道場〟は、朝五ツ時（午前八時）から、昼八ツ時（午後二時）までが、近隣の子供たちのための手習い所となり、その後は随時、子供たちの父兄や、町の物好きが剣術を学ぶ場となっている。

とは言え剣術道場のほうは、手習いの師匠、秋月栄三郎《あきづきえいざぶろう》が、町の者たちの憂《う》さ晴らしになればと片手間に始めたもの。

気楽《きらく》流の印可《いんか》を受けた剣客《けんかく》ではあるが、剣術道場ひしめく江戸にあって、己《おのれ》の剣名を上げようと、しゃかりきになる武士たちを、どこか斜《しゃ》に構えながら見ている栄三郎のこと。稽古のほうも、まるで気紛《きまぐ》れに行われてきた。

剣の腕をもって、方便《たつき》を立てていこうなどという気は、栄三郎にはさらさらない。

気紛れに稽古をするからこそ、町の者たちも気軽に道場を覗《のぞ》くことができるのだ。ここへ剣術を習いに来る者は皆、それぞれ生業《なりわい》を持っている。稽古の翌日、体の節々が痛んでいるようでは肝心の仕事に障《さわ》りがでるではないか……。

栄三郎はそう思っている。

自分の体が、町の連中を教えることで鈍《にぶ》らねばよいのだ。

そういう訳で、手習い道場の門弟たちは、気が向いた時に栄三郎を捉《とら》えて汗を流していたのだが、このところ、毎日やって来ては熱心に剣の腕を磨く、〝厄介《やっかい》〟な入門者が現れ、今日も道場で稽古に励んでいる。

先ほどから、掛け声勇ましく、大振りの木太刀《きだち》を振るっているのは、何と女剣士である。

下げ髪を、浅葱《あさぎ》の布で蝶《ちょう》に結び、真っ白な刺子《さしこ》織りの稽古着に紺袴《こんばかま》姿が、絵草子から抜け出たような美しき門弟は、大店《おおだな》の呉服商田辺屋《たなべや》宗右衛門《そうえもん》の娘・お咲《さき》である。

二月《ふたつき》近く前になろうか。

灌仏会《かんぶつえ》で賑《にぎ》わう蔵前《くらまえ》の閻魔《えんま》堂の境内《けいだい》で、破落戸《ごろつき》たちに絡まれているところを、鬼神のごとき武芸によって一瞬にして破落戸を蹴散らし助けてくれた一人の剣客。

お咲はすっかり、その剣客に心を奪われた。

剣客が松田新兵衛《まつだしんべえ》という、秋月栄三郎の剣友であることを知ったお咲は、父、宗右衛門が、手習い道場の地主であることから、新兵衛に用心棒を依頼したり、道場に手習い子を送り込んだりして、持ち前の行動力を駆使してその傍《そば》に近づこうとした。

しかし、新兵衛はもとより堅物《かたぶつ》で、剣術修行の他には一切の欲がない男であるから、この美しき箱入り娘の一途《いちず》な想いをまったく意に介さない。それならば――少しでも愛する新兵衛が没頭する〝剣の心〟に触れていようと、お咲はついに剣士として入門したのである。

新兵衛はと言うと、お咲の自分への想いを知りつつも、剣の修行を続ける身には無縁のことと、相変わらずお咲には素《そ》っ気《け》ない。

しかし、栄三郎を道場に訪ねた時に、ひたすら素振りを続けるお咲の姿に、娘の剣術への想いが並々ではないと見て、

「剣術稽古は、何よりまず素振りから。筋は悪くない。しっかりと続けなさい」

と、剣客としての助言を与えた。

これに気を良くしたお咲は、ますます稽古に精を出しているのだ。

こう真剣にこられては、栄三郎の内弟子を気取る雨森又平《あまもりまたへい》も、負けてはいられない。

又平は、天涯孤独の元軽業《かるわざ》芸人で、渡り中間《ちゆうげん》をしていた折に栄三郎に拾われ、この道場で暮らすようになった。それ故《ゆえ》、剣術には関わりのない男なのであるが、お咲が稽古に来る日は、筒袖《つつそで》に袴という稽古着姿となり、兄弟子気取りで横手に並び、今日も木太刀を振っている。

この日はもう一人、安五郎《やすごろう》という男が稽古に来ていて、お咲と又平と共に汗を流していた。

安五郎は、同じ善兵衛《ぜんべえ》長屋に住む大工の留吉《とめきち》の仕事仲間で、〝安兄ィ〟と慕《した》われている四十過ぎの独《ひと》り者である。

〝手習い道場〟の地主である田辺屋宗右衛門は、娘・お咲が入門するにあたって、それまでは物置きに使われていた二階部分を改修して、お咲の着替え場を確保するよう、大家の善兵衛《ぜんべえ》に頼んだ。

善兵衛は、この仕事を安五郎と留吉に托《たく》したのだが、善兵衛長屋には一月《ひとつき》ほど前に越してきたばかりの安五郎を、栄三郎はこれによって初めて知ることになった。

様子を見るに、弟分である留吉への接し方も情があり、大工仕事も手早くそつがない。

「へ、へ、こりゃあ、先生どうも……」

栄三郎と顔を合わせるたびに、少しはにかむのが、何とも男らしい愛敬《あいきよう》を含んでいて、栄三郎はすっかりとこの男が気に入り、あれこれ声をかけるようになった。

そのうちに――。

「どうでえ、安兄ィも、栄三《えいざ》先生にやっとうを習ったら」

と、留吉に勧められ、

「馬鹿言うな、四十過ぎた大工のおれが、剣術なんて……」

「栄三先生なら大丈夫だ。四十過ぎの大工なら、四十過ぎの大工なりに教えてくれるんだ」

「お前も、習っているのかい」

「ああ、月に二遍くれえかな。竹刀《しない》や木太刀を振っていると、なかなかいい気晴らしになるぜ」

「なるほどなあ……」

「堅苦しい挨拶《あいさつ》ごとだっていらねえんだ。謝礼は、そのたびに十六文……」

「十六文だと？」

「ああ、そば一杯食えりゃあいいってさ。銭がなけりゃあ、米一握りでも、酒一杯でも構いやしねえ。それもなけりゃあ、ツケでいいんだ」

「ツケが利《き》くのかい。そいつは気の利いた道場だな……」

などということになり、お咲のような娘でも習うのなら、自分にもできるはずだと、安五郎は入門して来たのである。

「よし！　今日はこれまでとしよう」

栄三郎の号令で、又平、お咲、安五郎は、同時に手を止め、大きく息をついた。

「皆、今日はよくやったな。休みながらとはいえ、おのおの二千本、その重い木太刀を振ったことになるぞ」

「へえ、二千本も振りやしたか……」

又平が、素頓狂《すっとんきょう》な声を出した。

又平と安五郎の木太刀は、お咲の木太刀よりさらに重い、一貫目（約三・七五キロ）の素振り用であった。

「お嬢さんが励むのに釣られて、何とか振れたってところで」

安五郎が声を絞り出した。

「お嬢さんはよしてください。ここでは共に剣を学ぶ身。先生もどうか咲と、厳しく呼び捨ててくださりませ」

お咲はそう言って頬笑《ほほえ》むと、栄三郎に一礼をして、着替え場の一間に退出した。

道場に出て稽古をする時は、金持ちの道楽と、人の誹《そし》りを受けぬよう、身を捨てる覚悟で――。

だが、それ以外は田辺屋の娘として、あくまでも町人の女であるように――。

それが、宗右衛門の方針である。

道場を出る時は、迎えの女中・おみよが手伝い、勇ましい稽古着姿から、可憐《かれん》な振り袖姿へと変身するお咲であった。

「それでは、おいとま致します……」

やがて、箱入り娘に戻ったお咲は、足取りも軽く道場を立ち去った。

今日は新兵衛には会えなかったが、また一つ剣術の極意に近づいたような気がして、清々《すがすが》しい心地になるのであった。

「真《ま》っ直《す》ぐな、いい娘さんですねえ……」

今日は道場の掃除をかって出た安五郎が、窓の外、帰り行くお咲の後姿を見ながらポツリと言った。

ようやく雨はあがり、陽《ひ》はゆっくりと陰《かげ》り始めた。

見所《けんぞ》で竹刀の手入れをしながら、栄三郎と又平はにこやかに頷《うなず》いた。

「まあ、何と言っても分限者《ぶげんしゃ》で、人徳も備えた田辺屋宗右衛門の娘だからな」

と、栄三郎。

「二親《ふたおや》の顔も知らねえあっしには羨《うらや》ましい限りですよ。小《ち》っせえ頃に、まともな親がいて、まともな暮らしを送っていりゃあ、あっしも、もうちっとは、まともになったんですけどねえ」

と、又平がしみじみと言った。

それを聞いて安五郎は、

「やっぱり、若え奴《やつ》が曲がっちまうのは、親のせい……、なんですよねえ」

と、哀しそうに俯《うつむ》くと、何かをふっ切るかのように猛然と雑巾《ぞうきん》掛けを始めた。

いつも大らかで、角張った顔に笑みを絶やさない安五郎のこの様子を見て、栄三郎と又平は顔を見合った。

お咲が帰った後も、掃除をしつつ、なかなか長屋に戻ろうとしない安五郎には、何やら屈託《くつたく》があるようだ。

「安さん、何かおれに話したいことがあるんじゃねえのかい」

温かい、くだけた口調で栄三郎は、安五郎に問いかけた。

安五郎の動きが止まった。

「こいつは剣術指南の勘じゃなくて、〝取次屋〟としての勘でな」

「いや、あっしは、その……」

「言い辛《づら》いことなら〝取次屋栄三〟として話を聞こう。善兵衛長屋に来て一月、おれの内職のことは聞いているだろう」

「へい、何かあったら相談にのってくださると」

「取次屋としてならこいつは仕事だ。剣術の師匠も何もない。遠慮なく言ってくれ」

「だが安さん、十六文てわけにはいかねえぜ」

横から、今度は取次屋の〝番頭〟となった又平が冗談めかして言った。

安五郎は栄三郎の前に座り直すと、懐《ふところ》から二両の金を取り出して並べた。

「些少《さしょう》ながらこの金子《きんす》、先生にお頼みしようと持って参りやした。ただ、どうも手前の恥をさらすようで、言いそびれておりやした」

「なに、恥ずかしがることはない。おれも又平も口は堅《かた》いうえに、少し経《た》つとどんなことでも忘れちまうのが取柄さ」

にっこりと笑う栄三郎を見て、気持ちが固まったか、安五郎はしっかりと頷いた。

「よし、ここは道場だ。おれの部屋へ移って、一杯やろうじゃねえか」

「すぐに何か用意致しやしょう」

又平が動いた。その表情はどこかうきうきとしている。

お咲の入門と、それにまつわる普請《ふしん》やら何やらで、取次屋稼業から遠ざかっていた栄三郎であった。

手習いも剣術指南も、束脩《そくしゅう》の金などは受け取らない栄三郎に、宗右衛門は無理矢理、十両の金を置いていった。

それゆえ、〝手習い道場〟の費《つい》えには事欠かないが、日々の刺激に飢えていた。

それは、又平も同じ想いなのであろう。

「梅雨の中休みとなりゃあいいが……」

流れる雲に祈りを込めて、栄三郎は道場の小窓を閉めた。

二

「あり合わせのもんで申し訳ねえが、まあ、一杯やっておくんなせえ」

道場では兄弟子気取りだが、稽古着を脱いで浴衣《ゆかた》に三尺を締めた又平は、人懐《なつ》っこい町の若い衆に戻っていた。

「とんでもねえ、独り者のおれには、料理屋に来たみてえだ」

あり合わせと言いつつ、焼き茄子《なす》に、炙《あぶ》った干物、山芋を短冊に切ったものなど、又平の出す肴《さかな》はなかなか気が利いていて、安五郎を喜ばせた。

道場から、細長い土間を隔《へだ》てた六畳の居間に入ると、たちまち和《なご》やかになる。

主《あるじ》の栄三郎の人となりがそうさせるのか……。

栄三郎を慕《した》い、ここへ入り浸《びた》るうちに、隣室の三畳間に住みついてしまったという、又平の気持ちが安五郎には頷けた。

又平が注《つ》いだ茶碗《ちゃわん》の酒を一息に飲み干すと、二杯目には手をつけず、

「これで舌が回る……。あんまり頂いちまうと、おれは酒にだらしがねえんで……」

と、いつもの愛敬のある笑顔を向けて、まどろっこしい話になるかもしれないが許して欲しいと前置きをしたうえで、安五郎はトツトツと話し始めた。

「裏の長屋へ越して来て、間なしのことでさあ……」

その日。

安五郎は留吉と、芝神明町《しばしんめいちょう》に新たに店を開くことになった、箱屋の普請《ふしん》に出かけた。

無事に普請もすべてが終わり、振舞い酒などですっかりと気分がのった二人は、そのまま善兵衛長屋には戻らず、芝口《しばぐち》橋南詰にある、居酒屋〝ささや〟で一杯やり始めた。

この店は隣の酒屋がやっていて、酒の値も手頃で旨《うま》く、肴の数も多い。入れ込みの座敷も二十畳くらいあり、いつも職人や人足たちで賑わっている。

「留、お前はいい奴だ。近頃の若え奴らときたら、日頃は兄ィとおだてても、いざとなりゃあ、付き合うのを面倒がるってもんだ。そこへいくとお前は、独り身のおれをいつも気遣って、手前には女房子供がいるってえのに、いつだっておれの相手をしてくれる……。うん、お前はいい奴だ！」

二人が酒を酌《く》み交《か》わすと、まず安五郎が留吉の男気を賛《たた》え、そこから留吉の悩みを聞いてやるのが常だ。

その日、留吉が打ち明けた悩みは、きっぱりと止めたはずの〝手慰《なぐさ》み〟に、つい手を出してしまったことであった。

「深川《ふかがわ》に仕事へ出かけた帰りによう。ばったりと平内《へいない》って野郎に会っちまって……」

平内は、細川越中守《ほそかわえっちゅうのかみ》の下屋敷に奉公する中間である。肥後熊本《ひごくまもと》五十四万石の下屋敷は広大なもので、江戸での政庁が置かれている上屋敷とは違って、別邸の趣《おもむき》がある。

それゆえに、人の出入りも大らかなもので、しかも町方役人の目が及ぶ所ではないことから、中間部屋では毎夜のごとく、御開帳となるのである。

もちろんこれは細川家に限ったことではないが、博奕《ばくち》好きの留吉は、何度かこの賭場《どば》に出入りしていた。

所帯を持ち、子を持つ身となり、きっぱりと博奕は止めた留吉であるが、懐にはその日貰《もら》った祝儀《しゅうぎ》の金があった。

「まあ、元々なかった金と思やあいいか……」

と、平内に誘われて遊んだのはいいが、熱くなってしまって、祝儀で貰った金どころか、平内に一両の借金までしてしまうことになったのだ。

「まったくおれって奴ァ、情けねえ話だ……」

このことは女房には内緒にしていて欲しいと言って、安五郎の前で留吉は項垂《うなだ》れた。

「誰だって男なら、嬶《かか》ァに言えねえことの一つや二つはあるってもんだ」

何だ、そんなことかと、安五郎は笑ってみせた。

「そうやって、悔やむ気持ちがあるならどうってことはねえ。お前はいい亭主だよ」

「そうかねえ。兄ィはそう思うかい」

「ああ、だがこれを最後にしな。でねえと、おれのように、女房が子供を連れて逃げちまうぜ」

若い頃は、飲む、打つ、買うに加えて、男伊達《だて》を気取って喧嘩沙汰《けんかざた》まで起こした安五郎であった。

「お前には、そうなって欲しくねえからなあ」

「わかったよ兄ィ、おれはもう金輪際《こんりんざい》、博奕はしねえ。こいつは兄ィとの男の約束だ。破ったら、おれを殺してくれ」

「大げさなことを言うねえ。それよりここに一両ある。これでまず、その平内とかいう中間から借りた分を返してこい」

と、ちょうど持ち合わせた一両小判を、懐から出して見せたのを、

「兄ィ、いいよ。収めてくれよ。一両くれえの金は何とでもなるし、おれは兄ィに話を聞いてもらってずいぶんと気が晴れた。そこまで、兄ィに迷惑はかけたくねえんだ」

慌てて、留吉は押し戻した。

「お前がそう言うならいいが、博奕の借金てのは早いとこ返すにこしたことはねえ。こいつを使っときゃあいいぜ」

「兄ィの気持ちだけを貰っとくよ」

「そうかい……」

こんなふうに酒のやり取りが続き、

「おれは飯を食って帰るから、お前は一足先に長屋へ帰れ」

と、先に留吉を帰らせるのが、二人の間の決まりとなっていた。

安五郎は、一杯やって帰っても、茶漬くらいは必ず家で食えと言う。

「どうせ外で食ってくるなら、しっかり食ってきやがれ……」

などと女房は面倒がるかもしれないが、茶漬を一膳食えば、そういう憎まれ口も出るうえに、あれこれ夫婦の話もできるものだ。

「帰っていきなり大の字になって高鼾《たかいびき》……。何てことよりよほどいいぜ」

だから、先に帰れと言うのだ。

これを聞いて、栄三郎と又平は唸《うな》った。

「なるほど、夫婦ってのはそういうものか。又平、ようく覚えておけ」

「へい。でも何やら女房貰うってのは、大変なもんですねえ」

「今だから、このおれも言えることなんですよ……」

思わぬところで、栄三郎と又平に感心されて、安五郎は苦笑いで話を続けた。

「まあ、そんなことがあって、留吉を先に帰して、残りの酒を飲み干して、飯を食って、店を後にしたのでございますが……」

昼間の振舞い酒がきいたのか、まだ夜も更けぬというのに、その帰り道――安五郎の足取りは酔いに乱れていた。

――まったく、これしきの酒で酔うとは、おれもやきが回ったものだ。

汐留橋《しおどめ》の袂《たもと》で一息ついた時――。

橋の向こうから、若い男が走って来たかと思うと、安五郎の前で息を切らして、

「安兄ィ！　大変だよ……」

と、訴えかけた。

「お前は……」

〝安兄ィ〟と呼ばれたが、安五郎にはその若者が誰であったか思い出せなかった。

年の頃は十七、八だろうか。

まだ見習いの職人が、兄貴分の真似《まね》をして、縞《しま》柄の着物を小粋《こいき》に着こなしているという風情《ふぜい》だ。

顔の形は骨張っていて、夜目にははっきりしないが、なかなか男らしく偉丈夫《いじょうふ》である。

——どこかで見たような気がすらあ。ええっと、誰だっけ。名前が出てこねえや。

戸惑う安五郎を、若者は苛々《いらいら》として見ていたが、

「おれだよ、半吉《はんきち》だよ」

「半吉……」

その名を思い出せない安五郎に、半吉と名乗った若者は、切迫した様子で畳み掛けた。

「何だい安兄ィ、覚えてくれてねえのかい。ほら、この前、留吉兄ィと……」

「留吉と……」

「そりゃあねえぜ。あん時、一緒に飲んだじゃねえか」

「あん時……て言うと、日比谷《ひびや》町の酒屋の蔵を直しに行った時かい」

「そうそう、あん時だよ。もっとも、安兄ィはずいぶん飲んでいたから無理もね

えか」

「おう、何となくそれでわかった。そうかい、お前、半吉て言ったんだな」

「やっと思い出してくれたかい」

「で、何が大変なんでえ」

「そう、それだよ。ぐずぐず言ってる暇《ひま》はねえんだ。留吉兄ィが大変なんだよ」

「留吉が？」

「橋の向こうでよ。平内とかいう中間の野郎にとっつかまって、一両の金をすぐに返せ、返さねえと利き腕を叩き折ってやるって、そりゃあ、えれえことになっているんだ」

「何だと！　手前、早くそれを言わねえかい」

「兄ィがおれを思い出してくれねえから……」

「だから、おれの一両を持っていけって言ったんだ」

「おれはたまたま近くを通りかかって、留吉兄ィに呼び止められたんだ。安兄ィから一両借りて来てくれって」

「半吉、そこへ案内しろ！」

「へい、橋を渡って一ツ目の路地でさあ。だが、兄ィ、足がもつれているじゃねえか。一刻を争うんだ。早く戻らねえと、留吉兄ィの腕が折られちまうよ。何しろ相手は五人だ」

「よし、じゃあ、お前、まずこの一両を持って、平内に返してやれ」

「合点だ。そうすりゃあ、とにかく相手も手荒いことはしねえだろう」

「頼んだぞ！」

安五郎は、懐から件《くだん》の一両を取り出して、半吉に手渡した。

「そんなら行ってくらあ！　安兄ィ、渡って一ッ目の路地だからな！」

そう言い残すと、半吉は金を手に脱兎《だっと》のごとく駆け出して、橋の向こうに消えた。

「留吉……。待ってろよ……」

安五郎は、もつれる足を何度も手で叩きつつ、やっとの思いで橋を渡った。

そして、半吉が言っていたとおり一ッ目の路地に着いたが、そこにはすでに誰もいなかった。

――こいつは大変だ。

安五郎は、一両では話がつかず、平内たちは半吉ともども、留吉を連れ去ったかと思ったのだ。

――何と言っても相手は五人だ。

それに、細川家の中間ともなれば、普段から博奕場を目こぼしして懐を潤している性質《たち》の悪い侍が、その後についているかもしれない。

そうは言っても、どうすることもできず。ひとまずここは長屋に戻り、水をかぶって頭を冷やし、酔いを醒《さ》ましてから策を練るしかない……。

安五郎は、善兵衛長屋に戻った――。


そこまで話すと、安五郎は二杯目の酒をぐっと呷《あお》った。

栄三郎と又平は、思わず膝《ひざ》をのり出した。

「ところが……。長屋へ帰ってみると、木戸口でばったり、留吉の野郎と出くわしましてね」

驚いて、大丈夫であったか尋ねようとする先《せん》を越して、

「兄ィ、善は急げだ。これから兄ィに言われたとおり、平内に会って返してくるよ」

と、チラリと懐に忍ばせた一両小判を安五郎に見せて、留吉はニヤリと笑った。

「嬶ァに内緒で、道具箱に隠しておいてあったのさ。ヘッ、ヘッ、兄ィ、内緒にしてくんなよ。とにかくひとっ走り行ってくらァ」

そう言うと、呆気《あっけ》にとられる安五郎を残して、留吉は走り去ったという。

「なるほど、そういうことか……」

栄三郎は話を聞いて、ふっと笑った。

「へい、そういうことで……」

安五郎は相槌《あいづち》をうった。

「つまり、留さんは、平内って中間に、とっつかまったわけじゃなかったんですねえ」

又平は大きく頷くと、安五郎の茶碗に三杯目を注いだ。

「まんまと半吉という若造に、一両持っていかれちまったんだな」

栄三郎は、又平が注いだ酒をチビリチビリとやりながら推理を巡らした。

「半吉という名も口から出まかせだろう。恐らく若造は、〝ささや〟にいて安さんの後ろの方で、飲んでいたんだな」

そこで、安五郎と留吉の会話を盗み聞き、安五郎が一両の金を持っていることを知った。

さらに、留吉が先に帰り、安五郎が酔っている様子を見てとり、さも知り合いのように、ひと芝居打ったのであろう。

人が良く、酒に酔っていた安五郎は、自分の名を知っていて、さらに留吉の名を知る職人風の男の言葉を、疑いなく信じてしまったのだ。

「なかなか悪知恵の働く奴だな」

「だが旦那、あっしも同じ目に遭《あ》ったら、安さんのように、とにかくこれでと、金を渡しちまうかもしれませんや」

又平が、安五郎を慰めるように言った。

「それで、この話、留吉にはしたのかい」

「いえ、話せば気にするでしょうし、手前の馬鹿を言いふらすってもんでやすから……」

栄三郎の問いに、安五郎は恥ずかしそうに答えた。

留吉が作った一両の借金は、すでにきっちりと片《かた》が付いているらしい。

「で、安さんは何を相談したいんで？　その騙りをお上に訴え出ようってのなら、よく手習い所を覗きに来る、前原《まえはら》の旦那に頼めばいいことだ」

又平は、固太りで丸顔の南町同心・前原弥十郎《やじゅうろう》の顔形を、両手で宙に描いて見せた。

「いや、話はここからなんだ。おれはその若造の居所をつきとめたのさ」

安五郎は、三杯目の酒を飲み干した。


三日前のこと。

安五郎は、以前世話になった深川の材木商で、今は浅草橋場《あさくさはしば》の対岸にある寺島《てらじま》村の寮に隠居する孫右衛門《まごえもん》を訪ねた。

このところ、体の工合《ぐあい》が思わしくないと聞いて見舞いに赴《おもむ》いたのだが、存外に孫右衛門は元気で、安五郎の来訪を大いに喜んでくれた。

「何かというと、人につっかかっていたお前さんが、何とも大らかな風情《ふぜい》になって……。いやいや、何よりのことだ……」

そう言われて安五郎は、

「人に騙《だま》されるくれえが、おれにはちょうどいいのかもしれねえや」

と、ほのぼのとした心地になり、寮を辞去すると、青葉が繁《しげ》る堤を抜け、隅田《すみだ》川の美しい景観を楽しみつつ、渡し場へ向かった。

ちょうど浅草から着いた渡し船があり、足を速めたところ――。

「あの野郎を見かけたのでございますよ」

汐留橋の袂で会った時は夜で、はっきりとは顔が見えなかったが、背恰好《かっこう》、骨張った顔つきは、半吉と名乗った若い男に違いなかった。

堤の桜並木の蔭《かげ》から、そっと眺めると、左の目尻に黒子《ほくろ》があるのを見つけた。

安五郎にも同じ所に黒子があり、そういえばあの日、それが印象深く、心の内に残っていたことが思い出された。

「それで、若造をどうしてやったんだい」

栄三郎が問うた。

「こっちも一人、逃げられたら若い奴には追いつけませんや。そのまま後をつけて、まず居所をつきとめてやろうと……」

「なるほど、後をつけたのは、いい分別でやしたねえ」

と、又平は安五郎の茶碗に四杯目の酒を注いだ。

若造は、堤を北へ向かって歩き始めた。

やたらと欠伸《あくび》をするところを見ると、昨夜、遊び過ぎたのであろう。

――あの一両を使いやがったな。

そう思うと頭にきて仕方がないが、ここは辛抱のしどころと、尾行を続けた。

やがて若造は、木母寺《もくぼ》の境内《けいだい》へと入って行った。

木母寺には、謡曲「隅田川」で名高い、〝梅若塚《うめわかづか》〟がある。人買いに拐《かどわか》され、この地で病に倒れた、京の公家・吉田《よしだ》少将の子供、梅若丸が葬られた所で、風光《ふうこう》明媚《めいび》な周辺を散策しつつ、昔を偲《しの》んでここを訪れる人は多い。

そういう参詣人相手に、境内には何軒かの茶屋が見られる。

中でも、しっかりとした造りの小屋の内外に床几《しょうぎ》を配する〝休み処《どころ》〟があった。

茶を出すほか、とろろ汁と麦飯など、簡単な食事に酒も用意しているようだ。

その日も船遊びの客たちで賑わっていて、紺地に小桜模様を散らした前垂れを着けた女が二人、忙《せわ》しく立ち働いている。

若造はそれへさして歩いて行く。

女の一人が声をかけた。

「あら、安吉《やすきち》ちゃん、お見限りね……」

半吉と名乗っていたが、実の名は安吉と言うようだ。

外に掛けられた葭簀《よしず》の蔭から、安五郎はそれをしっかりと聞いていた。

「からかうなよ……」

決まりが悪そうに、奥へ行こうとする安吉に、もう一人がすれ違いざま、

「おっ母《か》さん、心配していたわよ」

と、少し詰《なじ》るように言った。

——おっ母さんだと。

やがて、奥からさらに一人の女が出て来た。

床几に腰掛ける客に愛想をふりまく様子を見ると、この屋の女将《おかみ》なのであろう。

歳《とし》の頃は四十前の年増《としま》女で、てきぱきとした身の動きから〝しっかり者〟の風が窺《うかが》える。

「安吉……」

若造の姿を見た途端——女将の顔に険《けん》が浮かんだ。

「お前はまったく、どこをほっつき歩いてんだい！」

「すぐに手伝うからよう。まあ、そう怒るなよ……」

安吉は女将から逃げるように、そそくさと奥の暖簾《のれん》口の向こうへと姿を消した。

「その、安吉ってのは、茶屋の女将の倅《せがれ》だったたってわけでさあ……」

安五郎は、木母寺でのことを思い出して、なぜか声を詰まらせた。

「安吉は、騙しとった一両で遊び呆《ほう》けて、家を空けてたってわけか。とんだ極道息子ですねえ」

又平は、自分の茶碗に酒を注ぎ、うまそうにこれを飲んで頰笑んだ。

「だが、安さん。見事に尻尾《しっぽ》を摑《つか》んでやったねえ」

ほろ酔いに顔を朱に染めて、栄三郎もにこやかに安五郎を見た。

ところが、安五郎は顔を強張《こわば》らせたままで、

「それが、とんだ落とし咄《ばなし》でござえやすよ」

と言うと、四杯目の酒を飲み干した。

「その、茶屋の女将の顔を見て、足がすくんじめえやした」

「安さんの知り人だったのかい」

「知り人も知り人でさあ。先生、その女は十五年前、このおれに愛想を尽かして、まだ幼い倅を連れて家を出た、〝おちか〟ていう女房だったんですよう……」

「何だと……。安さんの昔の女房……」

栄三郎は、あんぐりと口を開いたまま、横手の又平を見た。

又平も信じられないという表情で、

「すると、何ですかい……。もしかして、その安吉って野郎は……」

「ああ、おれの倅よ……」

三

こんなことがあるのだろうか――。

しばし黙り込む安五郎に付き合って、栄三郎と又平は、無言で酒を飲み、皮肉な巡り合わせに思いをはせた。

四十過ぎても馬鹿をやり続けている男なら、罰《ばち》が当たったんだと、笑いとばしてやればいい。

だが、昔の過ちを胸に秘め、それを悔いて今も独り身で、弟分の面倒を見て、真《ま》っ直《す》ぐに生きようとしている安五郎である。

血を分けた息子に金を騙し取られたとは、どのような言葉をかけてやればよいのか……。

栄三郎は、その言葉を探した。

その気配を察したのか、安五郎は顔を上げ、

「おれが黙っていちゃあ、話になりませんよねえ……」

と、小さく笑った。

そして、順序よく一つ一つ事の顚末《てんまつ》を語ってきた今までとは違って、思い出すがままに、おちかと安吉との昔話を懐《なつ》かしそうに語り始めた。

栄三郎が、それを拾い集めてみるに──。

安五郎は、芝森元町《もりもと》に住む、大工・音吉《おときち》の子として生まれた。

音吉は腕のいい大工として知られ、安五郎は子供の頃からいつか自分も、父親のような大工になろうと思っていた。

そんな息子を音吉はかわいがり、大工の腕を鍛《きた》えてやったので、二十歳《はたち》になった頃には、安五郎は一端《いっぱし》、名の通った大工となっていた。

ひょいと道具箱を肩に、半纏《はんてん》姿で仕事に出かける安五郎に、町内の娘たちは憧《あこが》れを抱いたものだ。

とりたてて美男ではないが、偉丈夫で仕事ができる男は頼り甲斐《がい》があるように見える。

安五郎は、娘たちの中から八百屋《やおや》で働く、おちかを女房に選んだ。

おちかは十二の時に孤児《みなしご》となり、八百屋をしていた叔父夫婦に引き取られたのだが、叔父夫婦には娘が一人いて、婿《むこ》養子をとって店を継がせるつもりであったので、年頃になるにつれて家に居辛くなっていた。

安五郎はその辺の機微《きび》のわかる男である。何と言っても、しっかり者で勝気なおちかを気に入っていたのだ。

ところが、安五郎とおちかが所帯を持って間なしに、音吉が死に、その女房で安五郎の母親もまた後を追うように亡くなり、それがまだ若い安五郎の道筋を歪《ゆが》めてしまうことになる。

腕が良くて、面倒見が良い安五郎は、元来の酒好きが災いして、若い血の気の多い職人たちの中で〝兄イ〟と祭り上げられ、すっかりと調子に乗って、酒と喧嘩に明け暮れるようになったのだ。

二親が生きていれば意見も受けたであろうが、二十歳にもならないおちかでは、いくらしっかり者でも抑えが利かず、安吉というかわいい息子を生《な》したというのに、夫婦の間で諍《いさか》いが絶えないようになった。

やがて、何かと言うと、

「弟分のためだ、仕方ねえだろ……」

と、大工の手間もたびたび、家に入れぬようになり、ついに売り言葉に買い言

葉で、

「この子を連れて出て行ってやる！」

「どこへでも出て行きやがれ！」

となり、もとより勝気が優《まさ》るおちかのこと。

ある日、本当にまだ幼子の安吉を連れて出て行ってしまったのだ。

酒が抜ければ、己《おのれ》の馬鹿を悔やむ安五郎であるが、素直になれぬのが若さの痛み——。

「勝手にしやがれ。嬶ァなんぞは、裏のどぶと同じで、あとがつかえてらァ……！」

などと自棄《やけ》になり、しばらくして持ち上がった、木更津《きさらづ》への出仕事に行くことにした。

そこで、気持ちを落ち着けようと、安五郎は仕事に励《はげ》んだ。

励むと、その腕の良さが気に入られて、木更津の棟梁《とうりよう》から声がかかり、三月が半年となり、一年となった。

そのうちに、宿場に馴染《なじ》みの女もでき、三年を過ごした。

それでも、どんな女と馴染もうが、

「しっかり頼むよ！」

と、肩をポンと叩いて仕事へ送り出してくれた、爽《さわ》やかで、何があってもくよくよしないおちかのことが頭をよぎり、江戸が恋しくなって、芝へと一人で戻った。

「馬鹿な話ですがねえ。ひょっとして、おちかの奴が、おれと縒《よ》りを戻したいという素振りを、誰かに見せているんじゃねえか……。そんな都合のいい想いが、どこか心の中にあったんでさあ……」

しかし、帰ってみれば、おちかの気配は何もかも消えていた。

安五郎が木更津へ行っている間に、おちかの唯一の身内であった八百屋の叔父夫婦も次々と亡くなり、店を継ぐはずの娘は、遊び人の男と引っついて、店を売り払ってどこかへ消えてしまっていた。

安五郎が木更津に行って、半年ばかりたった頃、芝神明の辺りで、おちかの姿を一度見かけたことがあると、大工仲間が教えてくれたが、その他は何の手がかりもなかった。

――まったく未練がましいぜ。

己がまいた種。己が出て行けと言ったのである。

きっと今頃は、誰かまともな男と一緒になって、幸せに暮らしているのだろう。

しっかり者のおちかのことだ。倅の安吉一人くらい、何としてでも育てていくであろう。

おちかと暮らした数年間は、

「夢を見ていた」

そう思い切って、自分は再び芝の宇田川町《うだがわ》に住居を定めた安五郎は、黙々と大工として生きてきたという。

「その間、女房を貰えと、何度も勧められたこともごぜえやしたが、おちかと安吉が、幸せに暮らしていりゃあいいが、もし苦労をしているなら、手前だけがいい目を見ちゃあ後生が悪いと、今まで独り身できたってわけで……」

善兵衛長屋の留吉とは、数年前から世話になっている棟梁の下、同じ手間取として知り合った。一月前に住んでいた宇田川町の長屋が火事となり、留吉の勧めで同じ長屋に移って来たのである。

おしまという恋女房に、七つになる倅の太吉《たきち》と、仲睦《むつ》まじく暮らす留吉の姿に触れると、

「あの日のことが思い出されて、裏へ越してきたことを、ちょいとばかり悔やんでおりますよ」

安五郎は、栄三郎の前で、自嘲の笑いをもらした。

「安さんは、安吉という息子と、どれくれえ一緒に暮らしたんだい」

栄三郎は尋ねる声に、温《ぬく》もりを添えた。

それが伝わったか、安五郎は目尻を下げた。

角ばった顔の中で、それは下駄《げた》の鼻緒のように見えた。

「へい、それは、安吉がまだ物心つく前までのことでございます……」

覚えているのは、ある日の夕暮れ。

仕事から帰った安五郎を、ヨチヨチ歩きの安吉が出迎えて、そのかわいさに、抱き上げて肩に乗せてやった時——空を蝙蝠《こうもり》が通り過ぎた。

「うわッ……」

不気味さに怯《おび》える安吉に、

「怖がることはねえよ。あれは、こうもりだ」

と、教えてやると、回らぬ舌で、

「こうくり……?」

と覚えて、それからは空を飛ぶものを見ると、小さな丸いプクッとした指をさして、

「とうちゃん、こうくり、こうくり……てね。安吉が、言いやがるんですよ……」

思い出す、安五郎の目からポロポロと涙が流れ出た。

「あの安吉が……。大きくなりやがって、おれと同じ所に黒子をつけて……。人から金を騙しとるなんて……」

涙声は、やがて嗚咽《おえつ》に変わった。

貰い泣きの又平は、浴衣の袖で目頭を押さえ、栄三郎は目を閉じて奥歯を嚙《か》みしめ思いに耽《ふけ》った。

「でもよう、安さん。安吉はお前さんを、父親とは知らずに騙したとしか思えねえ。そうだとすると、こいつはいい巡り合いにしねえとなあ」

やがて、栄三郎が口を開いた。

「へい、まったくで……」

安五郎は心を落ち着かせて何度も頷いた。

「話はわかった。安さんは、息子のことを何とかしたいのだな」

「へい。このままじゃあ。安吉は遅かれ早かれ、お縄を頂戴することになりまさあ」

「お前さんとしては、役人につき出すわけにもいかぬよのう」

安五郎が落ち着くであろうと、栄三郎は侍口調で言った。

「安吉がぐれちまったのは、ひでえ父親のせいでさあ。このおれが代わりに捕まってやりてえが、そういうわけにも参りやせん」

「安吉を改心させてやるのが一番だな」

「へい、仰《おつしや》るとおりで……」

「よし、任せておけ」

「先生、何とかしてくださるんで！」

安五郎は、あっさりと胸を叩いた栄三郎を見て、声を弾《はず》ませた。

「心配するな。安吉が二度と悪さができぬように、この秋月栄三郎が、役人に代わってお前の息子を叱《しか》ってやる」

「お願え致しやす！」

安五郎は再び、小判を二枚、栄三郎の前にさし出した。

「いらねえよ」

栄三郎はくだけた口調に戻って、これを安五郎に戻した。

「いや、先生、そんなわけには……」

「今は銭に困ってねえんだよ。その金は、いつか息子の役に立つように、とっておきな」

「先生……」

「また、何かの折に大工仕事を頼むよ。それより、一つ聞いておくぜ。安吉には、お前さんが父親だってことは……」

「そいつはどうか、言わねえでおくんなせえ」

「いいのかい」

「騙した相手が親父《おやじ》だなんて、それが知れたら、真っ直ぐになるものも、ならねえような気が致します」

「そうかな」

「おちかにも、合わせる顔のねえこの身でごぜえやす。ただ、安吉が真っ当に生きてさえいてくれりゃあ、何も言うことはありやせん……」

「よし、わかった。そうと決まれば前祝いだ。景気よく飲もうじゃねえか」

と、栄三郎は茶碗の酒を飲み干した。

又平は、安五郎の茶碗に五杯目を注いだ。

「こいつは、かっちけねえ……」

安五郎、今度はゆっくり味わって、

「ああ、うめえや……」

と、大きく息を吐いた。

それから一刻（約二時間）ほどたって——。

安五郎は胸のつかえが取れたか、上機嫌で道場を出た。

出入口を出て、すぐ左が、善兵衛長屋に続く露地木戸で、栄三郎と又平は表まで見送ってやった。

「この長屋に越して来て、ほんによろしゅうございました。留吉の奴に、礼を言わねえといけませんや」

「今日は稽古をした後に飲んだから、酒がまわるだろう。気をつけて帰ってくれ」

「へ、へ、気をつけるも何も、もうここが長屋の木戸でございますよ」

「そうだったな……」

「先生、良い報《しら》せを待っておりやすよ」

「ああ、悪いようにはしないよ」

頬笑み合う三人の少し向こうから、

「おう、楽しそうに何の相談してやがるんだよ」

と、聞き覚えのある声がした。

南町奉行所の廻《まわ》り方《かた》同心・前原弥十郎であった。

――この男だけは、いつも余計なところに出て来やがる。

子供の教育への蘊蓄《うんちく》を語り出すと止まらない、面倒なこの男には、まさか安吉のことなど相談はできない。

それなのに、弥十郎は、栄三郎をやり込めるのに生き甲斐を見出しているようで迷惑このうえない。

「旦那には関わりのねえことでござんすよ」

お前に言えないから、こっちは苦労しているのだと言わんばかりに、安五郎は弥十郎に見向きもせず、栄三郎と又平に頭を下げると、露地の向こうに姿を消した。

「何でえ、あの野郎。こっちは夜まで働き詰めで見廻っているのに。関わりがねえとは愛想がねえや。だいたい、ああいう困った大人がいるから、子供たちは……」

気がつけば、栄三郎と又平の姿も消えていた。

「何でえ、誰かおれの相手をしろよ……」

弥十郎は、傍で笑いをこらえる供の小者を引き連れて、通り過ぎて行った。

四

それから五日の後。

手習い道場では、この日もお咲が剣術の稽古に励んでいた。

日暮れてから、筆職人の彦造《ひこぞう》が稽古に加わったが、又平と安五郎はすっかり道場に姿を見せなくなった。

「二人とも、どうしてしまわれたのですか……」

いつもの顔が揃《そろ》わないと、どうも物足りないお咲であったが、

「あれこれ忙しいのだろう。何、そのうちまた顔を見せるさ。新兵衛もな」

という、栄三郎の言葉に、

「松田様が！」

「ああ、今日はもうすぐ来ることになっているのだが……」

「本当ですか……。どうしましょう。まだまだ、ろくな打ちができていないというのに……」

すっかり喜びに取り乱したり、気合を入れ直したりしているのであった。

安五郎が稽古に来なくなったのは、息子・安吉のことで、何か動きがあるまでは、栄三郎の顔をまともに見られないからであった。

この五日間は、仕事と長屋の往復で時を費《つい》やしている。

そして、同じ時分――。

又平の姿は、向島木母寺の境内にあった。

あれから、件《くだん》の茶屋の様子を窺っては、安吉の動きを探り、栄三郎に報告する又平であった。

又平が調べたところ――。

安五郎の別れた女房・おちかは、幼子の安吉を抱え、この茶屋の女中として働き、その勤めぶりが認められ、今は店を任せられているようだ。

茶屋を営む夫婦に子供はなく、年老いた後は、浅草今戸《いまど》で船宿を営む亭主の弟夫婦と共に暮らすこととなったのだ。

茶屋を任されたおちかは、茶屋の稼ぎを大いに増やし、主夫婦に上がりをせっせと納め、大いに喜ばれているという。

「もし、苦労をしていたら……」

という安五郎の心配は、暮らし向きにおいてはなかったが、片親で育った安吉は、忙しさゆえに母親の目が届かず、親の店を手伝う気楽さから、放蕩《ほうとう》を重ねるようになったようだ。

茶屋の奥は、おちか、安吉母子の住居となっていて、その裏は隅田川の岸辺に続いている。

その岸辺から、よからぬ仲間が、安吉を誘いに来るのだ。

裏手に立つ松の大木。

それにひょいと、身についた軽業で登ると又平の耳に、不良どもの話す声が聞こえてきた。

安吉の悪友は、いずれも向島の〝延命寺《えんめいじ》〟〝長命寺《ちょうめいじ》〟〝諏訪明神《すわみょうじん》〟辺りにある料理屋の極道息子たちで、劣悪な境遇に育ち、悪事を生業《なりわい》とせねば生きていかれぬ若者たちではなかった。

「浅草寺《せんそうじ》で気に入らねえ奴がいたから、頬げたに一つ、くらわせてやったぜ」

「俺ァ、森川《もりかわ》様の御屋敷の中間部屋に、近頃出入りをしているんだが、どうでえ、今度一緒に手慰みといかねえかい」

などと、子供の頃は見世物小屋で育った又平にすれば、まことに〝他愛もない〟悪さ自慢なのである。

それだけに、安五郎譲りの偉丈夫で、片親育ちというのも少しは箔《はく》がつくのだろうか、安吉は不良仲間の兄貴分的な存在であった。

周りに持ち上げられてその気になるのも、皮肉なことに安五郎の若い頃と同じである。

又平は、この木母寺で安吉を見張って二日目に、仲間である料理屋の息子・菊《きく》太郎《たろう》に、一両を騙しとってやった場面を自慢する安吉の様子を認めた。菊太郎が職人が集まる居酒屋の目星をつけてきたのだった。

ここまでくれば立派な騙りだ。

不良どもは安吉に畏敬の念を抱き、安吉は兄貴分の面目を施《ほどこ》したのであった。

「芝まで足を延ばしゃあ、安心だ。菊太郎、次は、千住《せんじゅ》辺りで人のいい酔っ払いが集まる店を探してくんな」

その言葉を聞いて、又平はホッとしたものだ。

安吉の騙りは、安五郎が初めてであったからである。

今なら改心させるのに間に合うはずだ。

この五日間は、母親のおちかに、

「こんなことなら、お前を殺して私も死んでやる！」

と、包丁をつきつけられ、流石《さすが》におとなしく茶屋の調理場の用をこなしてきた安吉であるが、茶屋の外から様子を窺うに、今日は一日落ち着きがない。

昔ながらに勝気が優るおちかも、一日中、安吉を怒っているわけにもいかない。ましてや客商売である。

鬼の目を盗んで安吉は芝口での成功に味をしめて菊太郎と次の騙りを計画していた。

今日あたり、菊太郎からの報告があるのであろう。

又平はそれと見てとって、今日も裏手の松の木に登って息を潜《ひそ》めた。

幸いにして、栄三郎が天に願ったとおり、この五日間はほとんど雨が降らず、特にこの二日は晴天で、まさに〝梅雨の中休み〟で、又平の動きを楽にした。

木の上から眺める隅田川は雄大で美しく、沈む夕陽に水面をきらきらと輝かせていた。

だが、極道な亭主から逃《のが》れ、女手一つで息子を育てたおちかには、この川の風景を楽しむ余裕すらなかったのかもしれない。

又平は、ふとそんなことを思いながら、安吉の登場を待った。

やがて岸辺から菊太郎がやって来て、茶屋の中を窺った。ちょうど、おちかの目を盗める頃合なのだろう。中からいそいそと安吉が出て来た。

「おう、菊、どうだった……」

「千住に、船頭の集まる店があったぜ」

「よし、じゃあ、この前のように、二人で店へ入って、方々に聞き耳をたてるか」

「だがよう安吉。この前騙した大工の父《とっ》つぁん。なかなか人が良さそうだったぜ」

「何言ってやがんでえ、人が良いから騙しやすいんじゃねえか」

「まあ、騙りをするのはお前だ。つべこべ言わねえが、どうも後味が悪いってえか……」

「ふん、何が人が良いだ。話を聞きゃあ、あの大工、若え時分は極道者で女房子供を泣かせた挙句《あげく》、逃げられたっていうじゃねえか。一両くれえ取られたって、天罰が下ったってもんさ」

　安吉は、声に力をこめた。安吉のおっ母さんは、お前を連れて、極道な亭主から逃げて来たんだな……」

　菊太郎はしんみりとした。存外、気の優しい若者である。

「お袋は、おれにはお前の父親は松五郎《まつごろう》と言って、十五年前に死んだ……。なんて言って、何も話しちゃあくれねえが、俺ァ知っているんだ。そいつはとんだ極道者で、江戸を離れて生きているってなあ」

「親父の居所はわからねえのかい」

「わからねえ。松五郎って名も本当かどうか。怪しいもんだ。だがな菊、おれはうっすらと親父の肩に乗っている手前を思い出すことがあるんだ。顔も声も思い出せねえが、怖ェ親父じゃあなかったような……」

「何かしら事情《わけ》があったんだろうよ」

「事情か……」

　安吉は一瞬、若者らしい爽やかな表情を浮かべたが、

「そいつは都合が悪くなった時の、大人の決まり文句だよ。おれの話はいいや。

明後日お袋は今戸へ出かけて帰りが遅い。七ツ（午後四時頃）にいつものように水の社《やしろ》で……」

と、すぐに生意気な顔に戻って悪事の算段をし始めた。

まさかそれを木の上で、又平が聞き耳をたてていることなど露知らず……。

確かな収穫を持って、又平が手習い道場に戻った頃には、もうすっかりと夜になっていた。

ちょうど、松田新兵衛が来ていて、振袖姿に戻ったお咲が、頬を上気させて辞去するところであった。

熱心に剣術の教えを請《こ》われると、つい生真面目《きまじめ》に指南する新兵衛のこと、すっかりと稽古に時を費やしたというわけだ。

「よかったですねえ、松田先生の御指南を頂いて」

お咲は又平に冷《ひ》やかされ、さらに頬を朱に染めると、

「たまには、店の方も覗いてくださるよう、お伝えしてくれとお父つぁんが……」

と、栄三郎、新兵衛、又平を見廻しながら、軽く頭を下げてみせた。

お咲の父・田辺屋宗右衛門は、この道場に入り浸《びた》って、栄三郎の取次に何か絡みたくて仕方がないのだが、なかなかそれも叶《かな》わず、楽しそうに稽古に通うお咲を横目に、寂しい思いをしているようだ。

「地主さんは、向島辺りに寮など持ち合わせてはおられぬのかな」

帰って来た又平の顔をちらりと見て、栄三郎はお咲に尋ねた。

「それなら寺島村に持っておりますが……」

お咲は声を弾ませた。

「それはいい。一度、連れていって欲しいと、伝えてくれぬかな」

「ぜひ、皆様で……。父も喜びます！」

若く美しい娘の華やいだ様子は、何よりも男所帯を明るくするものだと、栄三郎はにこやかに頷いた。

——もっとも、〝皆様〟と言いながら、新兵衛の顔しか見てはいなかったが。

三人の男は、お咲が帰ると栄三郎の居間で、談合を始めた。

「又平、安五郎の一件、新兵衛が手伝ってくれるそうだ」

「そいつは凄《すげ》えや。新兵衛先生が助っ人してくださりゃあ百人力だ」

「栄三郎から仔細《しさい》を聞いてな。若い者が真っ当な道を歩む手助けとなるならば、これほどのことはない」

「相変わらず堅いなあ、新兵衛は……」

「もちろん、謝礼の金などいらぬぞ」

「まあ、飯くらいおごらせてくれ。で、又平、どうだ。安吉の動きは」

「へえ、それが、いよいよ明後日、二度目をやらかすつもりでさあ」

「そうか……。すっかり味をしめたのだな」

又平は、安吉と菊太郎の会話を残らず、栄三郎と新兵衛に語った。

「おれにはよくわからぬが、又平の話を聞いていると、安吉は、父親に会いたがっている気がする」

新兵衛は腕組みをして唸《うな》るように言った。

「とにかく、少しばかり懲《こ》らしめてやるか」

栄三郎は、ニヤリと笑って、新兵衛と又平を交互に見た。

「又平、ご苦労だったな。で、何か他にわかったことはあったかい」

「へい、大事なことが一つ……。おちかさんは今まで、ずうっと独り身を通して来たようですぜ」

「そうかい。そいつはいい報せだ……」

三人の談合は深夜まで続いた。

細目に開けた障子戸の向こうに、無数の星が煌《きら》めいていた。

どうやら明日も晴れそうだ。

五

水神社は、木母寺から少し西へ行った川岸にある。周囲は森に囲まれていて、社が建っている所は小高い丘で、水害が及ばないという。

いかにも隅田川の総鎮守といった趣《おもむき》で、日頃、船頭をはじめ、広く町の者たちの信仰を集めているが、七ツともなれば人気《ひとけ》もなく、この辺の不良息子どもが集まるにはうってつけだ。

この日。茶屋の上がりを、今戸の船宿に暮らす主人夫婦に持参するため、母親のおちかが一日中出かけているのをよいことに、店の女達にはあれこれ用があると出まかせを言って、安吉は木母寺の境内から抜け出した。

水神社の裏手には、そろそろ菊太郎が来ているはずである。

安吉はもう十八になる。

若い娘と社の裏で忍《しの》び逢《あ》いとでも言うなら頬笑ましいが、不良仲間と町へ繰り出し、酔っ払いから金を騙りとるために、これから落ち合うのである。

今の安吉には、娘より、さらなる悪事の刺激こそが楽しみであった。

男なら誰しも、悪友とつるんで、くだらないことに時を忘れてのめり込む頃があるものだ。そしてそれが時に、とんでもない方向に暴走してしまうこともある。

と言って、〝転ばぬ先の杖《つえ》〟を持ち合わせている若さなど、何も面白くない。

安吉は、森を抜けて水神社の社に迫った。

「何だ、菊太郎の奴、まだ来てねえじゃねえか……」

社の裏手を窺うと、誰もいない。

「手前は一緒に話を聞き出すだけってえのに、怖《お》じ気づきやがったか……」

と、一人前に懐手をして、右の手で顎《あご》をなでる安吉であったが、ふっと、傍の柳に人影を覚え、目を凝《こ》らすと――木の幹に凭《もた》れて、死んだように倒れている菊太郎の姿があった。

「き、菊……」

どうしたという声が出ぬうちに、社の物蔭から突然とび出してきた黒い影が、安吉の急所を打った。

何が何やらわからぬうちに、安吉の意識は遠のき、ドウッとその場に崩れ落ちたのである——。


「安吉……」

誰かが呼ぶ声がする。

あの世から何者かが自分を迎えに来たのだろうか。

朦朧《もうろう》とする意識の中で、安吉は思った。

「安吉……」

太い、ズシリとした声が再び安吉を呼んだ。

思い切って、目を見開いてみると、そこはガランとした、冷たい板間であった。

起き上がろうとすると腕が痛んだ。

安吉は太い柱に体を縛《しば》りつけられていることに気づいた。

「ここはいったい……」

ゆらゆらと揺らめく燭台《しょくだい》の灯《ひ》に、二人の男の顔が仄《ほの》かに浮かびあがった。

「うわアッ――！」

　安吉は恐怖に叫んだ。

　男の顔には、赤般若《はんにゃ》と白般若の能面がつけられていたのだ。

「安吉……」

　白般若が唸った。

「いくら叫んでも、ここからは逃げられぬぞ」

「き、き、菊太郎は……」

「ほう、連れの身を案じるとは、お前のような破落戸《ならずもの》にも、まだ男気が残っているとみえる」

「こ、殺したのか……」

　ぶるぶる震えながら、それでも安吉は尋ねた。

「殺してはおらぬ。お前をここへ連れて来るのに邪魔なゆえ、少し眠ってもろうたまで……」

「お、おれをこんな目に遭わせて、ただで済むと思うなよ……。おれにはとんでもなく恐ろしい後盾がついているんだぜ……」

　般若が面をつけた人とわかり、安吉は口からでまかせに言った。

「口先で人を誑《たぶら》かす、小賢《ざか》しい奴め。そんなふうにして、お前は汐留橋の袂で金を騙しとったのだな……」

白般若は、安吉の言葉をぴしゃりと遮《さえぎ》り、安吉に歩み寄った。筒袖の上着に裁《たっ》着袴《つけばかま》。腰に両刀を帯しているのが明らかとなった。

その殺伐とした姿の般若面の男に、己の悪事——しかも、ただ一度の〝騙り〟を詰《なじ》られ、安吉は再び恐怖に口を噤《つぐ》んだ。

「その、恐ろしい後盾という者どもを連れて来い。たちどころに斬り刻んでくれよう」

白般若はそう言って、じっと安吉を睨みつけている赤般若に頷いた。

すると、赤般若は、手にした竹の棒を空中に投げると、腰の刀をサッと抜き放った。

空中に数度閃光《せんこう》が煌めいたかと思うと、白刃は赤般若の鞘《さや》へと納まり、バラバラに切り刻まれた竹の棒の切れ端が、床に音を立てて落下した。

神業のごとき居合抜きである。

「い、命ばかりはお助けを！」

これを見て安吉は泣き叫んだ。

「さて、どうしたものか……」

　白般若は、見事に切断された竹の棒を拾い上げ、それをしげしげと眺めて言った。

「お前はおれたちの縄張りで、味な真似をしてくれたゆえにな」

「お、お許しください！　ほんの遊び半分、一度きり、一両、騙し取っただけなんです……」

「一度きり……。今日は二度目を企んでいたのではなかったか」

「に、二度としません……。このまま死んじまえば、お袋が……、お袋のこれまでの苦労が水の泡になっちまいます」

「その想いがあるのなら、なぜ、真っ当に働かぬ。なぜ、母を労《いたわ》らぬ……」

「旦那方だって……。御法度の裏で暮らす御方なんでしょう。ぐれた野郎の気持ちだって、少しくれえはおわかりになるでしょう……」

　涙ながらに安吉は訴えた。

　般若面の二人は、自分の動きを何もかも知っていて、恐ろしく強い――だが、その物腰、言葉の端々から、何か〝温かいもの〟を覚える。安吉は素直に想いをぶつけたほうが良いと肌身に悟ったのである。

「ふッ、ふッ、お前の言うとおりだ。おれたちがお前に道を説くなど笑止なことよ。だが、お前のしたことは黙って見過ごせぬ」

「旦那方は、安兄ィていう大工のお仲間なんでございますかい」

「大工の安五郎……。お前が騙した相手は真っ当に暮らす男だ。おれたちの仲間などではない。ただ、昔、食い詰めて難渋しているところを助けてもらったことがある」

「旦那方は、その恩を返そうと……」

「安五郎は立派な男だ。お前に一両騙しとられたとて、若いお前の先行きを想い、役人に訴え出なんだ」

「そうだったんですかい……」

「だが、役人は知らずとも、おれたちの目は欺《あざむ》けぬ。お前はせっかくの安五郎の想いを無にして、二度目の騙りを企んだ。外道《げどう》には外道の法がある。お袋を想う、その気持ちに免じて命ばかりは助けてやるが、その片腕を叩き落としてやる」

赤般若が再びギラリと刀を抜いた。

「待ってくだせえ！　何でも言うことを聞きますから、どうかお許しを……」

「お前のような甘ったれた野郎は、仲間にはできぬ。以後は大それたことはせず、おとなしく暮らすか」

「へい……。もう金輪際《こんりんざい》、生意気なことは致しません」

般若面の二人は、しばらく安吉を睨んでいたが、やがて赤般若の刀が一閃、安吉の身を縛りつけている縄を切った。

「よし、今日のところは帰してやる」

「あ、ありがとうございます……」

安吉は額を床にこすりつけた。

「一つ約束しろ」

「へい……」

「安五郎は、京橋の南、水谷町の善兵衛長屋に住んでいる。必ず訪ねて詫《わ》びを入れ、少しずつでもよいゆえ、きっと金を返すのだ」

「わかりました……」

「おれたちは、お前のことをしっかりと見ている。もし、安五郎を訪ねることがなかったら、どこにでもたちどころに現れて、必ずお前をこの竹の棒のように切り刻んでやるから、そう思え」

「か、必ず、安五郎さんを訪ねて詫びを入れます！」

「それが済めば、お前のことは忘れてやろう」

白般若は大きく頷いた。

「ならば、また、少しの間、眠ってもらうぞ」

言うや、赤般若がスッと近づいて、安吉に手刀をくらわせた。

安吉は再び昏倒《こんとう》した。

その安吉に目隠しをして、白般若が面を取り、続けて赤般若も面を取った。

白が栄三郎、赤が新兵衛である。

暗くてはっきりしなかったが、ここは田辺屋宗右衛門が所有する、寺島村の寮の蔵であった。扉が開いたかと思うと、宗右衛門と又平が入ってきて、栄三郎と新兵衛に、にこやかに頷いた。

「いくら何でも、これで懲《こ》りたでしょう」

宗右衛門が声を潜《ひそ》めた。

今度のことに協力を請《こ》われ、嬉しくてたまらぬ様子である。

物置には、縄でぐるぐる巻きにして、目隠しした菊太郎が放り込まれている。

後は安吉と二人、大八車に載せ、菰《こも》をかぶせ、水神社裏手の祠《ほこら》に押し込むだけだ。

「明日一日、天気がもってくれたらよいが……」

男たち四人は天を仰いだ。

夜空には、かすかに輝く、星がひとつ……。

六

「これはこれは、ようこそお越しくださいました。今日はどのようなお集まりなのでございますか」

「いや。そういえば、この寺の境内にある、〝梅若塚〟にはまだ行ったことがなかったと、こうして〝気の合う〟御方たちと見に参った次第でしてな」

木母寺の境内にある〝休み処〟に立ち寄った恰服《かっぷく》のいい商人と三人の連れ。

二人は剣客《けんかく》風の侍。一人はくだけた町人の男。どこか風変わりな取り合わせなのに、この四人からは、えも言われぬ、温かさとおかしみが漂っていて、店を仕切るおちかは、話しかけずにいられなかった。

昨夜、ひと仕事を終えた四人の男は、田辺屋の寮で大いに飲んで語り、そのまま泊まった後、木母寺に足を延ばしたのであった。

今日は〝手習い道場〟は一日休みにしてある。

〝人の秘事〟に触れるゆえにと、娘のお咲にも告げず、栄三郎の力となった宗右衛門であった。お咲ばかりに楽しい思いをさせてなるものかと、今日もまた上機嫌である。

「昔、まだ開かれておらなんだ、この辺りは、さぞや寂しかったことであろう。京から攫《さら》われ来て、幼い身で命果てるとは、梅若丸は哀《あわ》れなものよのう」

新兵衛は古《いにしえ》の悲劇に思いをはせる。いかにもこの男らしい物言いである。

「ここを訪ねて、我が子の死を知らされた母親は哀しみのあまり気が違ったと言うな」

栄三郎が、おちかを見ながら言葉を続けた。

「そりゃあ、倅を想う母親としては、そうなっちまうでしょうねえ。どうです、女将さん」

と、又平。

「うちのは、とんでもない馬鹿息子ですが、生きていてくれるだけで、ありがたいと思わなきゃあ、いけませんかねえ」

おちかはしみじみと言った。

「生きていてくれるだけでありがたい……。それは子が親に思わねばならないことですな」

四人の内で、ただ一人、人の親である宗右衛門が、ここで言葉を挿《はさ》んだ。

「親というものは子がかわいくて仕方がないものだ。だが、梅若丸のような幼子の頃ならいざしらず、大人になった我が子には、その気持ちを抑えて、世の中の荒波に放り出してやることもまた、子供への情というもの……」

おちかは、いかにもそうだと感じ入りつつ、

「でも、うちの馬鹿を外へ出せば、人様の迷惑になるんじゃないかと、それはそれで思ってしまいましてねえ」

「外へ出せば、叱ってくれる人もまた、いるってもんだ。女将、お前さんは独り身だと小耳にはさんだが、どうだい、倅のことなど放っといて、もう一華咲かせてみたら」

栄三郎の陽気な問いかけに、おちかは着物の袖で口許《もと》を隠し、けらけらと笑った。

「嫌ですよ。もうそんな気も起こりません……」

「所帯を持つのはこりごりかい」

「私は勝気な女でございますから、気に入らないことがあったら家をとび出してしまいます。それでは夫婦なんて続きはしません」

「息子の父親とはそれで別れたのかい」

「はい、そんなところで」

「お前さんに逃げられた男は、悔《く》やんでいるだろうよ」

「そんなことはありませんよ。家を出てしばらくして、どうしているかと様子を見に行ったら、とっくに江戸を出てしまって……。今頃は遠い所で、一家を構えて、よろしくやっているんじゃあないですかねえ」

「そうかな。案外、近い所に暮らしていて、お前さんや息子のことを忘れられないでいるんじゃねえかな」

「どうでしょうかねえ……。ほほほ、よしてくださいな。恥ずかしい話をしてしまったじゃあありませんか」

笑いとばすおちかであったが、その表情の奥には、明らかに安五郎を懐かしむ女の心が垣間《かいま》見えた。

「さあ、そろそろ参りますか……」

宗右衛門の合図で四人の男は一斉に立ち上がった。

それぞれの顔には、おちかのこれからの幸せを願う笑みがこぼれていた。

「女将、お前さんの息子とやらを見てみたかったが、今日はいないのかい」

「はい。それが、昨夜帰ってきたと思ったら、何やら妙に畏《かしこ》まりましてね。今日から心を入れ換えるから、明日一日休ませてくれ……。なんてわけのわからないことを言いましてね」

「そうかい、そりゃあきっと、若い頃の〝馬鹿〟に別れを言いに行っているんだよ」

「そうですかねえ……」

「そうだよ。男なら誰にでも覚えのあることさ」

「それなら……。あの馬鹿が帰ってくるのが楽しみです。ふふッ、これがいけないのですねえ」

栄三郎の言葉に、おちかはいつものはきはきとした、しっかり者の様子に戻り、

「どうぞ、また、ご贔屓《ひいき》に……」

と、四人を見送った。

「安さん、木更津なんかに行かなきゃよかったんですよねえ」

田辺屋の寮の船着場に向かう道中、又平がポツリと言った。

「まったくだ。あの女将も諦《あきら》めが早いというか……。馬鹿だなあ……」

笑う栄三郎に、宗右衛門、新兵衛もつられて顔を綻《ほころ》ばせた。

「安吉は、今頃、安五郎に会うているかな」

「それはもう松田先生、あの赤般若の恐ろしい技を見せられたら、行かぬわけには参りませんよ。だが安五郎さんは謝りに来られたらびっくりするでしょうな」

昨夜のことが思い出されて、宗右衛門は太った体を揺らしながら、はにかむ新兵衛を見て豪快に笑うのであった。

遠く、空が曇り始めた。

ひと雨来そうな予感に、四人は歩みを速めた。


さて、噂《うわさ》の安吉は、件の四人が向島を離れ、船に揺られている頃——善兵衛長屋の安五郎の家にいて、昨夜は板間にこすりつけた額《ひたい》を、今日は畳にこすりつけていた。

昨夜、水神社の祠で気がついた時には、菊太郎と二人、目隠しをされ筵《むしろ》で体をぐるぐる巻きにされていた。

やっとのことで体の自由を取り戻した二人は、抱き合って無事を喜び、恐る恐る外を見たが、すでに般若の姿はどこにもなかった。

菊太郎とは、この日のことは誰にも言わないと誓い合い、安吉は勇気をふり絞って、安五郎の許へ詫びに来たのだ。

倅を懲らしめ、二度と悪事に手を染めることのないようにして欲しいと頼んだものの、まさか安吉が謝りに来るとは思っていなかった安五郎であった。この日は仕事が早く終わり、家へ帰ると、長屋の木戸の外をうろついている安吉の姿を見かけて驚いた。

――栄三先生……。おれをびっくりさせようなんて、人が悪いや。

それでも、よほど骨身にこたえたのであろう。

安五郎の顔を見た途端、泣きそうになった安吉を見て、自分も泣きそうになり、

「何も心配することはねえよ。おれはお前の……」

と、正直に謝りに来た息子を労ってやりたい想いをぐっとこらえて、

「まあ、中へ入んな……」

と、素気なく振る舞った安五郎であった。

「安五郎さん、このとおりだ。勘弁してください。騙し取った金……。今日は持ってこれなかったが、必ずお返し致しますんで、少しの間、待ってやっておくんなさい……」

安吉は、安五郎には正直に、昨夜起こった、不思議にして身の毛がよだつ般若との一時を残らず打ち明けた。

そして、役人に訴え出なかった安五郎の想いに応《こた》えたくて、とりも直さず謝りに来たのだと、目に涙を浮かべたのである。

「そうかい……。そいつは怖い目に遭ったんだなあ」

安五郎は低い、絞り出すような声を出すことで泣きそうになるのをこらえた。

「その般若に覚えはねえが、何かの折に、この前みてえに酒に酔って、誰かの世話をやいたんだろうよ」

「般若は安五郎さんを立派な男だと言っていましたぜ」

「般若に見込まれたって仕方がねえや。だが、どんな奴にだって人情ってものがある。お前は五体満足なままで戻してもらえたんだ。これを機に、人から金を騙しとろうなんて、けちな真似はしねえことだ」

「へい……。仲間に恰好つけたくて……。本当に馬鹿なことをしてしまいました」

「そのうちお縄になりゃあ、取り返しのつかねえところだったな」

「まったくで……。でも信じておくんなさい。二、三度やって恰好をつけたら、もう金輪際やめようと……」

「お前、親はいるのかい」

「へい。寺の境内で茶屋の切り盛りをしている母親が、あっしを育ててくれました」

「親父はどうした」

「あっしがまだ物心がつく前に、お袋と夫婦別れしたそうにございます」

「そうかい……。だから、あの日、店で飲んでいたおれが、若い頃、女房子供に逃げられたって話をしているのを聞いて、こいつを騙してやろう、そう思ったんだな」

「いや、それは……」

「構やしねえ。おれがお前だったとしても、そんな酔っ払《ぱれ》えのおやじをからかってやりてえ気になるだろうよ。だから、お前のことは許すよ」

「お前を育ててくれた、おっ母さんに、この先、悲しい想いをさせるんじゃねえぞ」

「安五郎さん……」

「どうして……」

安吉は涙目になり、身を低くして安五郎を見た。

「どうして、お前さんは、そんなに優しくしてくれるんです」

「さあ……。どうしてだろうなあ。そいつはおそらく、お前を見ていると、おれの若え頃を思い出すのだろうよ。ほら、お前の左の目尻のその黒子。同じ所におれだって……」

安五郎はにっこりと頬笑んだ。

「親父がいねえからと、お袋が何かってえと構ってくれて、不自由のねえ暮らしをさせてくれたもんだから、おれはすっかり甘えちまって……」

緊張の糸が切れたのか、安吉は詫びつつ、嗽《しゃく》り上げた。

なぜかこの、安五郎という男の前では素直になれた。

――当たり前よ、おれとお前は父子《おやこ》なのさ。

その言葉をぐっと呑み込んで、安五郎は、安吉の肩を優しく叩いた。

「わかったよ。ヘッ、ヘッ、泣くんじゃねえや。あの一両の金は、そうさなあ。毎月、月の初めと真ん中に、五十文ずつ持って返しに来ておくれ」

「五十文……。安五郎さん、それじゃあ何年もかかっちまうよ……」

「いいじゃあねえか。何だか知らねえが、おれはお前が気に入った。時折、お前が来てくれたらこんなに嬉しいことはねえ。お前は面倒かい」

「とんでもねえ。五十文持って、ここへ来るのが楽しみでさあ」

「そいつはよかった。おれのことは、まあ、父つぁんとでも呼んでくれ」

「父つぁん……、へい、そう呼ばせてもらいます……。そうだ、言い忘れておりました。あっしの名は半吉じゃあなくて……」

「いいよ。そのうちまた、教えてもらうから、今は半吉と呼んでおくよ。お前のことは少しずつ知りてえもんだ。ああ、それから、ここに来ることは、お前のおっ母さんには内緒にな。心配させちゃあいけねえからよ……」

　それから、半刻の後――。

　善兵衛長屋の露地木戸に、安吉と、それを見送る安五郎の姿があった。

　木戸の向かって右側は傘屋で、左側は手習い道場である。

　折しも向島から戻ってきた、栄三郎と又平は、並び立つ二人の姿を見て、ほっと胸を撫《な》でおろした。

「安吉の奴、やっぱり来ていたんですねえ」

又平が、小声で囁《ささや》いた。

「二人の前に、大きな鏡を置いてやりたいものだ……」

本人たちはわからねど、どう見ても並び立つ安五郎と安吉は、父子にしか見えない。

栄三郎は、こっちに気づいた安五郎に、

「よかったな……」

と、目で語りかけて、道場の出入りに立った。

仔細は後でゆっくり聞こう。だが、いつの日か父と子の名乗りも叶うであろう。

――こいつは楽しみが増えた。

「そんなら安五郎……、いや、父つぁん、月の初めに、五十文持って必ず」

「ああ、楽しみにしているぜ」

安吉に〝父つぁん〟と言われて、高まる気持ちを抑えつつ、安五郎はしっかりと頷いた。

安吉が歩き出したその時、
夕暮れの空に、パタパタッと、不気味な黒い生き物が飛んだ。

驚いて空を見上げる安五郎に、

「ありゃあ、こうもりですよ……」

と、安吉は、少しの間その行方を目で追って、安五郎に深々と頭を下げ、栄三郎と又平に、会釈して通り過ぎていった。

安吉はもう〝こうくり〟とは言わなかった。

――嬉しいことやら、悲しいことやら。

じっと見送る安五郎の心中を慮《おもんぱか》る、栄三郎であった。

去り行く安吉の向こうの空が、黒い雲に覆われ始めた。

これで梅雨の中休みも終わりそうだ……。

第二話

血闘

一

照り付ける夏の陽射《ひざ》しが、開け放たれた窓から容赦《ようしゃ》なく〝手習い道場〟に降り注ぐ。

窓を閉めれば風が通らず、剣術の稽古をするにはまったく厳しい昼下がりである。

剣を学ぶ者にとって、

「夏ほど、大変な時期はない」

稽古着袴《はかま》に、面、胴、籠手《こて》、垂を着ければ体のほとんどは通気を失い、ましてや、ぶ厚い面布団に耳まで覆われ、竹刀《しない》を振るまでもなく、立っているだけで体中から汗が吹き出し、足下の床に〝汗の池〟ができる。

当道場の〝剣術指南〟を務める秋月栄三郎は、かつて剣術修行をしていた気楽流・岸裏伝兵衛《きしうらでんべえ》道場において、真夏の猛稽古に体中の水気がなくなり、気を失った者、意識が朦朧《もうろう》としてあらぬ方向へ打ちかかる者など、何人も見てきた。それにもかかわらず、

「水を飲めば体が疲れやすくなる。夏の暑さは気でのりこえるのだ……」

と、いうようなことを、どこの道場でも素直に思い込んで、稽古中バタバタ門人が倒れていくことになる。

「稽古中に体から出ていく汗の分量だけ、あらかじめ水を飲んでおく……。どう考えても、これが道理ではないか」

元は、大坂の町人の出である栄三郎は、何事も合理的に物事を考えるのが身上である。

稽古前となると水を飲み、何とか夏の稽古を乗り切ってきた。

だいたい、水を飲もうが飲むまいが、夏の稽古そのものが疲れやすいのである。飲まず食わずでも激しい稽古にびくともしない、剣友・松田新兵衛などは、そもそも〝違う種の人間〟だと栄三郎は確信している。

ゆえに、ここは町人相手の剣術指南のこと、門人にはしっかり水を飲んでから来るようにと、指導をしている栄三郎であったが、もっともこう暑い日が続くと、門人のほうが寄りつかない。

朝の手習いが終わると、子供たちの習字の手本や教材などを又平に手伝わせて、のんびりと拵《こしら》えるのが夏の日課となっていた。

それが今年は一味違う――。

熱心な門人が一人、暑さも何のその、今日も通ってきている。

田辺屋の娘・お咲である。

あれからお咲は、雨が降りしきる梅雨の日々もせっせと通いつめ、黙々と大振りの木太刀《きだち》を振り続けた。

しなやかに手首がしなる、細身の肢体の躍動は、険しい山の斜面を駆ける小鹿のように愛らしく俊敏である。

そして今日、栄三郎はお咲の頑張りを賞して、師・岸裏伝兵衛から伝授された〝型〟の稽古を、松田新兵衛を迎えて指南することにしたのである。

この頃のお咲はすっかりと剣術に夢中になり、かつて自分を破落戸《ごろつき》から助けてくれた、たくましい殿御《とのご》への恋慕だけでなく、新たな剣術の習得をもたらしてくれる師として、新兵衛に想いを寄せている。

栄三郎は、子供たちへの手習いを早めに切り上げて、お咲と共に新兵衛を待った。

待ち遠しいお咲は、子供たちが手習いを終えて帰るや、すぐに道場に来て、又平相手に木太刀をとり、太刀筋を確かめている。

お咲の熱心さにつられて、近頃は又平の太刀筋もなかなか良い。

それにしても――。栄三郎は、お咲が素晴らしい剣術の素質を持ち合わせていることに驚かずにはいられなかった。

――このまま稽古を重ねていけば、そこいらの旗本、御家人くらいには、ひけをとらぬようになるだろう。

面白半分に始めた町の者相手の剣術指南に、何か希望のようなものが栄三郎に芽生えていた。

愛《いと》しい新兵衛に時折指南を受けても、あくまでも栄三郎の門人であるという姿勢を崩さないお咲の真摯《しんし》な態度に触れると、ますます指南に熱が入るのだ。

「栄三郎の奴《やつ》め。やっとやる気になったか……」

新兵衛はというと、栄三郎と同じくお咲の剣才は認めているが、何よりも剣術指南に身を入れ始めた剣友の姿が嬉《うれ》しいのだ。

さて、その新兵衛――。

栄三郎とお咲が待つ道場へ向かうため、出稽古先を出たのが午《うま》の刻（正午）。

この日は早朝から、本所亀沢町《ほんじよかめざわ》にある、直心影流《じきしんかげ》・大沢鉄之助《おおさわてつのすけ》の道場に招かれていた。大沢は、あの〝果たし合い〟の一件で、新兵衛を兄弟子の敵《かたき》と狙《ねら》う盛田《もりた》源吾《げんご》が、新兵衛へ申し込んだ真剣による立合を、栄三郎に頼まれ止めさせた剣客である。

その後、流行《はや》らなかった道場も、田辺屋宗右衛門の後盾を得て少しは門弟も集まるようになり、他流とはいえ剣技、人品に申し分のない新兵衛に一手指南を頼んだのである。

明日の朝も稽古に来ることとて、防具はそのまま大沢道場に置いて、身軽な恰好《かっこう》で出た新兵衛は、回向院《えこういん》を通り過ぎ、両国橋《りょうごくばし》を渡って日本橋《にほんばし》の方へと向かった。

夏の陽射しは厳しいが、大川から吹く風は心地良く、滲《にじ》み出る汗を冷やりと乾かしてくれた。

その風を総身に受け止めていたい新兵衛は、編笠《あみがさ》を被《かぶ》らず、これを手に持ち、まだ時刻にも余裕があるのでゆったりと町を行く。

身の丈は六尺（約一八〇センチ）余り。媚茶《こびちゃ》の単衣《ひとえ》に、濃紺《のうこん》の綿袴という出立《いでた》ちは武骨であるが小ざっぱりとしていて、威風堂々《いふうどうどう》たる物腰で町を行く新兵衛は、道中人目を引いた。

自分自身は、そっと人知れず歩いているつもりなのだが、なぜか人の視線を覚え、恐がられてはならぬと、顔に笑みを絶やさないように道行く新兵衛なのだ。

ところが、大伝馬町《おおでんま》にさしかかった時分から、新兵衛の表情に緊張が浮かび始めた。

――妙だ。

時折、新兵衛に注がれる視線は、心優しき豪傑《ごうけつ》の登場に、思わず心ひかれる町の衆のそれであったが、その中にどうも邪《よこしま》で、殺気に充《み》ちたものが含まれているのだ。

常の者なら、気付かぬであろう。

だが新兵衛は、己《おのれ》をどこまでも武人としてつきつめている男である。

いつ、どこで、どのような状態にあろうとも、剣におくれをとってはならぬ――。

日頃よりその鍛練《たんれん》を欠かさぬ心身の、殺気に対する感知は計り知れないほど研《と》ぎ澄まされている。

――誰かが、おれを見張っている。

その思いは、新兵衛の胸の内で確かなものとなった。

立ち止まらず、己《おの》が五感をすべて傾け、殺気の正体を確かめんとするが、太物《ふともの》問屋が建ち並び、往来の通行賑々《にぎにぎ》しい大伝馬町の中に、それはすっかり呑《の》み込まれている。

剣客である限り、何かの理由で、思いもかけぬところで人の恨みを買うかもしれない。

それはもとより覚悟の新兵衛である。

――だが、まったく姿を隠しているとは、敵もさるものだ。

咄嗟《とっさ》に新兵衛が決断したことは、まず自分をつけ狙う相手に対し、新兵衛がその殺気に気付いたということを、悟られないことである。

立ち止まって周囲を見廻《みまわ》したり、足早に通りを駆け抜けるような真似《まね》はせず、新兵衛はゆったりとそのままの風情《ふぜい》で歩いた。

――そのうちに、敵の正体も知れよう。

新兵衛はそ知らぬ顔で大伝馬町の通りを抜け、本町《ほん》へ出て日本橋へと向かった。

この間も、殺気は右から左から、所を変えつつ身にへばりついている。

日本橋を渡り、京橋を目指しつつ、新兵衛は栄三郎が待つ〝手習い道場〟には行かずに、この〝見えない敵〟と、一日戦う腹を決めた。

そう思うと――本所の大沢道場を出てから京橋を目指す道筋に、何か〝理屈〟がなければならなかった。

ただ、ぐるぐる歩き回っていては、尾行に感付かれたと敵が思うであろう。

――よし、ちょうど良い所がある。

京橋の手前、二辻《つじ》目を左へ入った具足《ぐそく》町に、簗田仁右衛門《やなだにえもん》という具足師が開いている〝武具屋〟があったことを思い出した。

二間半間口のそれほど大きな店ではないが、甲冑《かっちゅう》、鎗《やり》、馬具の類《たぐい》まで取り扱っていることから、武芸を修める者なら一度は立ち寄る所である。

新兵衛が目指す場所としては、まさにうってつけではないか。

新兵衛は、以前この武具屋に、防具の面を修理に出したことがあった。

店が開いていることを祈りつつ、京橋の手前二ツ目の角を左へ曲がると、幸いにして武具屋は開いていた。

大通りほどには人通りのない道のこと、敵は遠巻に新兵衛の様子を窺《うかが》うであろう。

少しの間、歩を止めて策を練られるというものだ。

「おや、お久し振りで……」

主の仁右衛門は、新兵衛を覚えていた。

「その後、面の工合はいかがでござりますかな」

強烈な〝突き〟をかわした拍子に、相手の竹刀が〝面鉄《めんがね》〟を歪《ゆが》ませたのであるが、新兵衛の面を一見して仁右衛門は、持ち主がどれだけ激しい稽古をこなしてきたか、また、防具をいかに大切に手入れをしているかを知り、松田新兵衛という剣客に好感を抱いたのである。

「その後は面も軽うなり、喜んでおりまする」

新兵衛は、にこやかに頭を下げた。

「今日は何か、お求めですかな」

「そうでござるな……。稽古用の籠手《こて》を」

「夏場は傷《いた》みやすうござりますからな」

直接竹刀を握る手の内の革は、汗でしとど濡《ぬ》れるゆえ、破れやすく消耗が激しい。

籠手は幾《いく》つあっても邪魔にはならないし、手の大きさにぴたりと合わせるよう、寸法を計り誂《あつら》えてもらうことになるため、時が稼げる。

敵の目から一時逃《のが》れるには良い買い物である。

手の平の長さ、拳《こぶし》の周りの長さなど、計るうちにも、表を通り過ぎる者に新兵衛はさり気なく目を遣《や》った。

しかし、どれもが近くの竹問屋の奉公人や出入りの人足ばかりで、殺気の正体は姿を見せない。

そっと行動を窺い、機会があれば襲ってくるつもりかもしれない。

正々堂々、打ちかかってこないところを見ると、世の中の裏道に生きる者たちに違いない。

新兵衛は思案を巡らせる。

「十日、待ってくださいますかな」

寸法を計り終えて、仁右衛門が言った。

「万事、よろしきように……」

注文を終え外へ出んとする新兵衛を、仁右衛門はじっと見つめて、

「近々、大事な仕合でもおありで」

と、問うた。

「ああ、いや、このところ思うように技が出ず、少し心が乱れておりまして。はッ、はッ、これは見透かされてしまいましたかな」

笑って見せたが、新兵衛は心の内で己が拙《つたな》さを恥じた。

平常心を保とうとしながらも、自らが身に殺気を漂《ただよ》わせてしまっていたようだ。

長年武具屋を営む仁右衛門には、それがわかるのであろう。

「さようで……」

仁右衛門は、己が問いの意を瞬時に解した新兵衛をますます気に入ったようで、

「これを差し上げましょう。試しに使うてみてくだされ」

と、棒状の手裏剣を一つ、新兵衛に手渡した。

願立流《がんりゅう》で使われる、細身の針のごとき物であるが、持ってみると重過ぎず軽過ぎず、真《まこと》に投げやすそうな工夫がなされている。

「これは良い……」

「何かの折に役立ちましょう。どうぞお持ちください」

「忝《かたじけ》ない。まず稽古に使わせていただきましょう」

新兵衛はそれを帯に挿《はさ》むと、武具屋を後にした。

それまで消えていた殺気が再び漂いだした気がした。

しかし、仁右衛門の一言で〝気〟を入れ直した新兵衛は、泰然自若《たいぜんじじやく》たる足取りで京橋の袂《たもと》に向かった。

ここに、栄三郎の行きつけの居酒屋〝そめじ〟がある。

店を切り盛りしている〝お染《そめ》〟は、朝と昼は気まぐれに店を開けたり閉めたりするが、遠目に白で染め抜いた紺暖簾《のれん》が掛かっているのが見えた。

栄三郎に連れられて、何度か店に足を運んだことのある新兵衛は、今日、手習い道場に行けなくなったことを、お染に伝えてもらうつもりであった。

殺気の正体が何者かわからない限り、自分とは関わり合わないほうがよい。

だが、型の指南をするという約 定《やくじよう》を破るには、それなりの理由を告げねばなるまい。

元は深川辰巳《たつみ》で男勝りの芸者として知られた〝お染〟のことだ。ここはきっとうまく立ち廻ってくれよう。

「そういえば腹が減った……」

そんな素振りで立ち止まると、新兵衛は、〝そめじ〟の暖簾に手をかけた——。

二

「旦那の思い過ごしじゃあないんですか」

「いや、残念ながら誰かがおれをつけ狙っている……」

「旦那ほどの御方が仰《おつしや》るならそうなんでしょうが、姿を見せないというのは、厄介な連中ですねえ」

「まったくだ……」

「心当たりはないんですか」

「今、つらつら思い出しているところだ」

「とにかく栄三さんに報《しら》せて、助《す》けてもらいましょう」

「いや、栄三郎に助けて欲しくはない」

「まあ、確かに頼りにならない人だけど、あれで結構、腕は立つほうだと……」

「栄三郎を巻き込むと、あの手習い所に累《るい》が及ぶかもしれぬ。それは子供たちを危ない目にさらすことにつながる」

「なるほど……」

店の入れ込みで床几《しょうぎ》に腰を下ろし、麦飯にとろろ汁をかけ、うまそうに食べている新兵衛——。

板場の前に鞍掛《くらかけ》を置き、これに腰を掛け、ボーッと表を見ながら団扇《うちわ》で汗ばむ〝うなじ〟に風を送っているお染——。

二人は目を合わさずに、淡々と話している。

店に入ったところ。

昼飯を食べに来た客たちはひと通りはけ、客は新兵衛だけであった。

思わぬ新兵衛の来店に喜ぶお染に、新兵衛は注文をしつつ、小声で身に起きている状況を手短に告げたのだ。

さすがは、気風《きっぷ》のよさで売ったお染である。

新兵衛の話にいささかも動じず、世間話をするように言葉のやり取りをしている。

この瞬間にも、見えぬ敵はこの居酒屋の様子を窺っているに違いないが、腹を減らして立ち寄った新兵衛が、店の女将《おかみ》と他愛ない話をしているとしか見えないであろう。

「そういうわけで、栄三郎の道場には行かれぬようになった。田辺屋の娘には何か訳をみつくろってやってくれ」

「旦那はどうするのです」

「しばらくぶらりぶらりと歩いて、敵の正体を確かめる」

「そりゃあ無理でしょう。相手は旦那を見張っているんですよ。その顔を見た途端に、相手は旦那に気付かれたってわかっちまう」

「おぬしの言うとおりだな。こういうのはどうだ。わざと人気のない所に向かい、あえて敵の襲撃を受ける」

「出て来なかったらどうします」

「その時のことは歩きながら考えるさ。とろろ汁、うまかった」

と、床几に銭を置き、新兵衛は頬笑《ほほえ》んだ。

「ちょいとお待ちを……」

お染は立ち上がり、銭を受け取りつつ、

「道筋が決まっているなら教えておくんなさいまし」

「それを聞いてどうする」

「この話を聞いて、ただ旦那を行かせたとあっちゃあ、わっちの名折れだ。栄三さんに合わせる顔もありませんや」

「おぬしの気性からいうと、そうかもしれんな」

「栄三さんだって、友達を見殺しにできないでしょう。これがあべこべだったら旦那はどう思います」

「わかった。だがもしや敵は栄三郎の顔を知っているかもしれぬ。下手に動いて悟られぬようにと言ってくれ」

「承知致しました……」

やがて、手短に行き先をお染に伝えた新兵衛は、店を出て、

「女将、店終《じま》いするところをすまなんだな」

と、表で店の内を振り返り、爽やかな笑顔を残して歩き出した。

見送るお染は顔をしかめ、

「何だい、店、閉めようと思ってたのに、まったく面倒な客だねえ……」

と、吐き捨てるように言って、暖簾を外した。

「今のお武家は馴染《なじ》みかい……」

そこへ、京橋の方からやって来た、あばた顔の男が声をかけてきた。

浅黄《あさぎ》色の手拭《てぬぐ》いを吉原冠《よしわらかぶ》りにして、洗いざらした千草《ちぐさ》色の股引《ももひき》といった、屑屋《くずや》か物売りの体である。

「馴染みってほどのものじゃないよ。たまに中食《ちゅうじき》を取りにくるんだけど、これがいつも半端な時分にやって来てさ……。あの旦那がどうかしたのかい」

お染はいつもの調子で、勢いよくまくしたてた。

「いや、この前処《ところ》のごろつきを二、三人いっぺんに叩《たた》き伏せるのを見てよ。強え旦那もいたもんだと……」

「そのごろつきが弱いのさ。どっちにしろ、ああいうむさ苦しい男に用はないさ。あたしゃあ出かけないといけないんだ。また、夜にでも寄っておくれ……」

男の言葉に、いかにも興味がないという顔で、お染は外した暖簾を中へ入れた。

「そいつは手を止めてすまなかったな。また、寄らせてもらうぜ」

男はたちまち人混みの中に、見えなくなった。

お染は何事もなかったように、店を閉めて重箱を風呂敷に包んだのを手に、外へ出た。

「あの男はいったい……」

今、立ち去った男が気にかかった。

小柄であるが、引き締まった体軀《たいく》には、ただの町の男にはない殺伐《さつばつ》とした気が漂っていたふうに思えたのだ。

芸者の頃は、雑多な男たちが行き交う深川で暮らしたお染であった――。


一方――新兵衛の到着を今か今かと待つお咲を横目に、

「新兵衛の奴、何かあったか……」

と、手習い道場では栄三郎が、気を揉《も》み始めていた。

「八ツ（午後二時頃）までに行く」

と、言えば必ず、その小半刻前までには現れるのが新兵衛である。

どうも気になるのだ。

「来たんじゃねえですかい」

道場の出入りに人影がしたのを、又平が目敏《ざと》く見つけて声を弾ませた。

お咲の顔がパッと華やいだ。

――いらぬ心配だったたな。

と、迎えてみれば、南町同心の前原弥十郎がそこにいた。

「なんだ、前原の旦那か……」

まったくこのクソ役人、どこまで間が悪いのだと、栄三郎は言葉を呑み込んだ。

「なんだ、とんだ見当違いで……」

又平の声もぞんざいになる。

「なんだ……」

お咲はただ一言。肩を落とした。

弥十郎はさすがに気を悪くして、

「なんだなんだって、俺ァいってえなんだ……」

今日は非番で、豪傑・松田新兵衛が型の稽古に来ると聞きつけ、見物に来たのだと弥十郎はふくれた。

ただでさえも、丸顔で、目も鼻も口も丸い弥十郎が〝ふぐ提灯《ちょうちん》〟のようになった。

これがまた可愛《かわい》くないのだ。

非番のこととて、白い帷子《かたびら》を粋《いき》に着流しているつもりであろうが、固太りの体にはまるで様になっていない。

こういうところが栄三郎にとっては〝むかつく〟のである。

それは、又平にしても、お咲にしても同じ思いなのであるが、〝総好かん〟の弥十郎、良いところに入って来たと言わねばなるまい。

「生憎《あいにく》、その豪傑が、いまだ参上仕《つかまつ》りませぬ」

栄三郎が芝居がかって応えた時――。

「お待ちどおさま！」

と、重箱を手に、外目に出前と見せかけたお染が駆け込んできたのだ。


武者窓から射し込む日向《ひなた》を避けて、道場に、栄三郎、又平、弥十郎、お咲が居並んで、お染が話す〝新兵衛の危機〟に耳を傾けている。

「お咲さんには言わない約束だから、形だけでも耳を塞《ふさ》いでおくんなさいな」

お染はそう前置きすると、声を潜《ひそ》めて新兵衛とのやり取りを語ったのである。

真に話の組立ても簡潔で無駄がなく、要領を得ている。

さすがはお染である。頭が良くて、こういう時でも肝が据わっている。

「まあ、それは大変ではありませんか」

耳を両手で塞ぎながら、まずお咲が声をあげた。

よもや新兵衛が不覚を取ることはあるまいと思いつつも、敵の正体が知れぬとあっては愛しい殿御を想う、娘心が先に出る。

「いかにも新兵衛らしい……」

栄三郎は小さく笑った。

「ここへ来ては、おれたちゃ子供たちに迷惑が及ぶ、家へ帰れば間借りしている、唐辛子屋のお種婆《たねば》ァさんが心配だ。だから、決着をつけるまでは、このまま一人で歩き続けるつもりなのだろう」

「前原の旦那、何か手を打たねえと」

「そうだよ。のんびりと剣術の稽古、見てる場合じゃござんせんよ」

又平とお染が声を揃《そろ》えた。何かといがみ合う二人ではあるが、時として気が合う――。

「俺ァ非番なんだよ……」

いきなり自分にお鉢が回ってきて、弥十郎は丸顔の中で口をとがらせた。

「非番だからといって、関わりがないと仰るのですか」

お咲も不信の目を向けた。

「まあ待ちねえ……」

弥十郎は両手を前に、一同を黙らせた。

「よく考えてみろ。いくら松田新兵衛が豪傑でも、殺気を覚えただけなんだろ。

思い過ごしってこともあらァな。とかく武芸者ってのは、殺気とか妖気とか邪気だとか、そんな言葉が好きなんだよ。もし奉行所にかけ合って、とどのつまり何にもなかったじゃあ、済まねえんだよ」

「松田先生が殺気を覚えられたのです。思い違いのはずはありません！」

お咲が叫んだ。

両耳を塞いでいたので声の加減がわからないようだ。

「静かに……」

と、栄三郎に手振りで窘《たしな》められ、お咲は慌《あわ》てて両手を口に移して塞いで見せた。

「旦那、新兵衛をなめちゃあいけませんよ」

栄三郎は軽く弥十郎を睨《にら》みつけると、

「新兵衛は必ず狙われている。あの男は曲がったことが大嫌いだ。それゆえ、奴に懲《こ》らしめられて逆恨みする者もいるだろう。お染、新兵衛が店を出た後、声をかけてきた野郎がいたって言ったな」

「ああ、他の女ならいざ知らず、わっちの目は欺《あざむ》けないよ。あれは堅気《かたぎ》じゃあなかったね」

「お咲は絵を習っていたな」

「はい、近頃はこちらが楽しくて、つい疎《おろそ》かになっておりますが」

「お染の言うとおりに描《か》いてみてくれぬか」

そこは手習い所でもある道場のこと、又平が素早く用意した紙と筆に、お咲は見事な筆致で人相書をしたためた。

「え～、あばた面《づら》で、眉は薄くて、唇は厚くて、鼻は丸くてすわっていて……」

芸者の頃は、一年前に会った客と再会しても覚えているのが売りの一つ――お染は事細かに特徴を伝える。

たちまち出来上がった人相書を見て、弥十郎が唸《うな》った。

「うむ……。これは……」

「旦那！　覚えがあるんですかい」

「前原様……」

「いったい何者なんですよう……」

次々に声があがるが――、

「見たような気がするが、思い出せねえ」

すぐに、その声は落胆に沈んだ。

「こんなものは、くさるくれえ見ているからなあ……」

「とにかく旦那、こいつは何か引っかかる顔だ……」

栄三郎自身、どこか見覚えがあるように思えたのだ。

「お役所へ出向いて、似た野郎がいないか、探してもらえませんか」

「わかった。そうしよう」

「お染、新兵衛の道筋は……」

「弾正《だんじょう》橋を渡って、亀島《かめじま》町の河岸《かし》をずっと通って、永代《えいたい》橋から一《いち》ノ鳥居《とりい》、木場《きば》に行くってさ」

お染はすらすらと答えた。

木場は、かつて新兵衛が鍛錬のためにと、人足仕事をしたことのある所――ここで敵を待ち受けるつもりであろう。

「違う道筋で木場に向かって、おれは新兵衛を待ち受ける。又平、お前は新兵衛に追いついて、そっと、新兵衛をつけ狙っている連中の姿を探ってくれ」

「合点承知。新兵衛先生をつけている奴らを後ろからつけて、どんな奴らかを、先生にそっと伝えてみせますぜ」

「いや、それほどの探索はお前一人じゃあ無理だ。茂兵衛《もへえ》っていう、おれの手先を一人つけよう。こいつはその道にかけちゃあ、大した奴だ」

「それはありがたい。又平、無理はするなよ」

「へい……。旦那も気をつけておくんなせえ」

栄三郎と又平は頷《うなず》き合った。

念のため、お染は田辺屋でお咲と様子が知れるまで待つこととなった。

「非番だっていうのについていてねえや……」

ぼやきつつ、弥十郎は立ち上がった。

事態は緊迫していた。

五人は一斉に道場をとび出したのである。

三

「あの野郎、いってえどこへ行くつもりだ……」

小太郎《こたろう》は忌々《いまいま》しそうに呟《つぶや》いた。

屑屋姿の小太郎の遠く前方に、ゆったりと、亀島町の川岸通りを北上する松田新兵衛の姿がある。

お染が店の表で声をかけられたという、あばた顔の小柄な男――やはりこの男こそ、新兵衛が覚える殺気の源であった。

名を小太郎と言う。

今朝――。

本所回向院で仲間たちと落ち合うことになっていた小太郎は、その道中、威勢のよい掛け声と竹刀の打ち合う音を耳にした。

今はこのような姿をしてはいるが、かつては剣術修行に汗を流したことのある小太郎は、剣術道場の近くを通りかかると、中を覗《のぞ》かないと気がすまない。

まだ、刻限までは間があったし、ここ亀沢町まで来れば、目指す回向院は目と鼻の先。武者窓から、ひょいと覗くと、門人たちに今しも稽古をつけ終えて、防具の面を外した一人の武士を見て驚いた。

「忘れもしねえ、あの日の野郎だ……」

その武士は、松田新兵衛と言って、この道場に出稽古に来ているらしい。

小太郎は逸《はや》る心を抑え、回向院へひた走り、仲間とはかって憎き松田新兵衛の後をつけ、機を見てこれを討ち果たす覚悟を決めたのだ。

その陣容は小太郎を入れて七人――屑屋、商家の奉公人風、托鉢《たくはつ》僧、浪人、職人風、人足風に身をやつしていて、一人が後を行けば他の六人は、横道や路地に消え、しっかりと尾行を完成させた。

気付かれた様子はないものの、標的は町の賑やかな通りばかりを行くので、こちらの姿も町に溶け込ますことができたが、襲撃の機会はなかなか訪れない。

標的はどうやら武具屋を目指していたようだ。その後、近くの居酒屋で中食を取ったが、その行く先は知れない。

明日は江戸を発《た》つ七人であった。今日中に片をつけてしまいたい小太郎は、居酒屋の女将を捉えて様子を探ったが、この女将はまるで新兵衛に興味がなかった……。

憎き相手は、弾正橋を渡り、本八丁堀《ほんはっちょうぼり》二丁目から三丁目で左へ折れ、今は川岸通りを北へ歩いているのだが、この通りのすぐ西側には、八丁堀町御組屋敷が建ち並び、小太郎たちにとっては、まことに居心地の悪い、同心、与力がうようよといる所なのである。

それゆえ、今、新兵衛の後を行くのは小太郎ただ一人——他は東側に流れる亀《かめ》島川《じまがわ》の対岸をばらばらに北上しているのである。

川岸通りは真《ま》っ直《す》ぐ北へと続く道である。

その名のとおり川岸なので、東へ入る路地はない。西へ曲がれば町方役人の組屋敷に続く。

小太郎は、ただただ、大きく間合をとって後ろについて歩くしかない。

新兵衛はというと、相変わらず後ろを振り返ることなく、ゆったりと道を行く。

途中、川岸に立つ稲荷《いなり》社に手を合わせたのを見て、小太郎は立ち止まり担《かつ》いでいた籠《かご》を下ろして伸びをした。

——ゆっくりと歩きやがって。こう暑いとやってられねえ。

小太郎は、吉原冠りにしていた手拭いを取って、流れ落ちる汗を拭《ぬぐ》った。

その額《ひたい》には真《ま》っ直《す》ぐ下に向かって刻《きざ》まれた刀傷があった。

「兄さん、煙草《たばこ》はいらねえかい……」

後ろから声をかける者がいて、小太郎は慌《あわ》てて、手拭いを被り直した。

見れば、背中に荷箱を担いだ煙草売りがにこやかに立っていた。

この暑さに思わず立ち止まり、一服しているように見えたのであろう。

「煙草なら間に合っているよ……」

つっけんどんに返されて、

「そいつはどうも……」

煙草屋は通り過ぎて行った。

稲荷社では、まだ新兵衛が木蔭《こかげ》で涼んで汗を拭いている。

遠目に見ると、煙草屋は新兵衛にも声をかけたようだ。

「生憎《あいにく》、おれは煙草をやらぬ」

「そうですかい。今日はさっぱりだ。あっしもお稲荷さんに願かけをするか」

煙草売りは荷箱を下ろして、手を合わせた――。

小太郎にはそう見えた。

しかし、この時――煙草売りは、小太郎の様子を小声で新兵衛に伝えていた。

この煙草売りこそ、同心・前原弥十郎が、〝その道にかけちゃあ大した奴〟と言った、茂兵衛という手先であった。

茂兵衛は、京橋竹河岸《たけがし》で〝竹茂《たけしげ》〟という荒物屋《あらもの》をやっているが、いざとなれば、前原弥十郎から手札を預かる御用聞きである。

人知れず尾行するのが何よりも得意で、あれから弥十郎の指令で、煙草売りに姿を変えて新兵衛の姿を追い求めたところ、川岸通りの手前でついにとらえ、新兵衛の後ろを行く者の様子を、そのまた後ろから探索したのだ。

幸い、弥十郎について手習い道場を覗いたことがあり、松田新兵衛の顔は覚えていた。

懐《ふところ》には、お咲が描いた人相書がある。お咲は弥十郎の分と、茂兵衛の分の二枚を模写したのである。

新兵衛の後ろを歩く者の姿はやがて限られてくる。人相書にそっくりなあばた顔の屑屋がどうも怪しい——。

窺ってみると、額に刀傷があるではないか——茂兵衛はこれを見逃さなかった。

屑屋に声をかけて、しっかり顔を見るや、今度は追い越して、新兵衛に煙草を売るふりをして、小声で栄三郎たちの動きを告げた。

「こいつが旦那をつけている野郎の一人ですぜ」

さらに茂兵衛は、稲荷社の賽銭《さいせん》箱の上にさりげなく、件《くだん》の人相書を置いて手を合わせ、

「額に刀傷がありやす……」

と、付け加えた。

新兵衛は、ただ無言で、さっぱり売れない煙草売りを労《いたわ》るような表情で頰笑ん

でいたが、人相書を見て、茂兵衛の言葉に、一瞬ぴくりと眉を動かした。

「こいつは、潮来《いたこ》でおれが斬った男の兄だ。栄三郎にそう伝えてくれ」

新兵衛はそれだけ伝えると、芝居に戻り、

「心配するな。永代橋の方へ行けば、いくらでも売れよう」

と、よく通る声で言い放った。

「ご利益を信じてえですよ」

茂兵衛は煙草売りに戻って、北の方へ向かってそそくさと、その場を立ち去った。

すると、西側の町御組屋敷へ続く路地から風呂敷包みを手にした、与力の小者らしき男が走り出て来て北へ向かった。

茂兵衛はこれにも煙草はいりませんかと声をかけ、一言、二言、言葉をかわした。

「急いでるんだよ……」

と、去っていく小者は又平である。

茂兵衛から新兵衛の言葉を伝えられ、又平は南茅場町《みなみかやばちょう》の大番屋へ走った。

そこは、川岸通りの突き当たりを左へ曲がればすぐに着く。そして大番屋には、手習い道場にほど近い丸太新道《まるたじんみち》にある、田辺屋出入りの駕籠屋《かご》〝かご八《はち》〟で早駕籠を仕立てた弥十郎がいるのである。

「さて、参るか……」

何事もない様子の松田新兵衛もまた、稲荷社を後にした。

やや遅れて――これを見ていた小太郎は、新兵衛の後を追って再び歩き始めた。

「屑う〜い……」

嗄《しわが》れ声が、幽《かす》かに新兵衛の耳に届いた。

その声には、

「あの日の借りは必ず返してやるぜ……」

と、いう叫びが含まれていることを覚えつつ、

「これは何が何でも、今日中に始末をつけねばならぬのう……」

新兵衛は、ぎゅッと心を引き締めるのであった。

その頃。

栄三郎はというと、あれから道場にほど近い、紀伊国《きのくに》橋傍《そば》の船宿〝亀《かめ》や〟で猪《ちょ》

牙舟《きぶね》を仕立てて、新兵衛が向かう深川木場に先乗りせんとしていた。

手練《てだれ》の船頭を得て、船は京橋川《きょうばしがわ》を東へ抜け、深川南方の海浜洲崎《すさき》の弁財天社《べんざいてんしゃ》手前にたちまち到着した。

塗笠に顔を隠し、革製の手甲脚絆《てっこうきゃはん》に袴を穿《は》き、腰には大坂住吉《すみよし》で野鍛冶《のかじ》を営む、父・正兵衛《しょうべえ》が一世一代栄三郎のためだけに鍛《きた》えた〝無銘〟の太刀を差した栄三郎は船を降りるや、木場に続く江島橋《えしまばし》を渡った。

渡ってすぐを右へさしかかった所に、材木が高く積まれた一角がある。

かつて、木場人足をしつつ、人の視界が及ばぬ荒涼たるこの場所で、新兵衛は仕事を終えると、よく真剣での素振り、型の稽古をしたという。

そのことを栄三郎は知っていた。

——なるほど、敵が新兵衛を狙っているとすれば、ここならば、思わず襲いたくなるに違いない。

栄三郎はまんまと先回りを果たして、その場を確かめると、材木の蔭から西の通りを窺い見た。

やがてこの向こうから、新兵衛の姿が見られるであろう。

——その時が勝負だ。

前原弥十郎の助勢があるだろうが、いざとなれば太刀を振るい、新兵衛の助太刀をするつもりの栄三郎である。

武者震いを禁じ得ない。

どのような場においても、〝逃げるが勝ち〟を本分としてきたが、江戸へ出て十五年にわたって剣の腕を磨いた、剣客・秋月栄三郎が身につけた剣技を、親友のために存分に披露《ひろう》してやろうという想いが、栄三郎の心と体を激しく揺らせていた。

――そういえば、この体の奥から湧き上がる震えのようなものを、以前にも覚えたことがあった。

その記憶を辿《たど》るうち、栄三郎の脳裏を一人の男の顔がよぎった。

それは、お咲がお染の証言を基に描いた、あの〝あばた顔の男〟であった。

――そうか、どこか見覚えのある顔と思ったのは、あの時の……。

栄三郎は、はッと息を呑んだ。

そこへ――。

「旦那、早やお着きでございやしたか……」

と、又平が駆けてきた。

南茅場町の大番屋を出た時は、与力の小者風から、又平が一番動きやすいという〝植木屋〟の姿に変わっていた。

その、手にした道具袋には、いざという時の脇差が一振入っている。

「おう、又平、ここがよくわかったな」

「ヘッ、ヘッ、旦那の教え方がうめえから……」

と、笑ったが、その顔には明らかに興奮の色が顕《あらわ》れていた。

「何かわかったようだな」

「へい、あれから茂兵衛の親分と連絡《つなぎ》をとりまして……」

又平は、新兵衛からの言葉を、茂兵衛から伝言された時の様子を語った。

「潮来で斬った男の兄……。新兵衛はそう言ったというのだな」

栄三郎は唸り声をあげた。

「へい。それから大番屋へ寄って、前原の旦那に報せたら、あの〝あばた〟野郎は〝八州鼬《はっしゅういたち》の小太郎〟ていう、とんでもねえ盗人《ぬすっと》だと……」

又平が駆け込むと、大番屋では、前原弥十郎が、お咲が描いた人相書と酷似した一枚を眺《なが》めて、紙を持つ手を震わせていた。

「どこかで見たと思ったら、とんだ野郎だったぜ。〝八州鼬の小太郎〟……。関八州を股《また》にかけ、押し込みを繰り返す、侍崩れだ……」

大興奮の弥十郎は、盗人どもを一網打尽《いちもうだじん》にするべく、南町の手練を微行姿で遠巻きに配し、いざとなればこれを突入させ、新兵衛を助けるようにと、慌《あわただ》しく動き出したという。

栄三郎に去来する、あの日の思い出……。

「そうだったか……。あの野郎はまだ生きてやがったか……」

四

話は八年前に遡《さかのぼ》る――。

気楽流剣客・岸裏伝兵衛の道場で、内弟子として稽古に励んでいた栄三郎と新兵衛は、師の遣いで常陸国水戸《ひたちみと》に赴くことになった。

昔、伝兵衛が世話になったという、佐分利《さぶり》流槍術《そうじゅつ》指南・内海平左衛門《うつみへいざえもん》に慶事があり、その祝いの品を届けるためであった。

平左衛門は、かつて江戸神田相生町《かんだあいおい》の道場で槍術の師範代を務めていたことがあり、この時、伝兵衛が手ほどきを受けて以来、親交があった。

今は水戸に小さな道場を構える平左衛門に、この時、初孫が誕生したのである。

当時、伝兵衛は旗本家の出稽古に忙しく、栄三郎と新兵衛を代理に立てたというわけだ。

栄三郎は諸事、人付き合いがうまく、口上もそつがない。

新兵衛は剣技において、岸裏道場の名を外に知らしめるだけの技量を持っている。

そして、この二人は、互いに文句ばかりを言い合っているようで、その実、固い友情で結ばれている。

伝兵衛にとって、何かの折の遣いはこの二人にかぎるのであった。

「良い機会じゃ。内海平左衛門先生に一手槍の指南を賜《たまわ》り、帰りには鹿島《かしま》神宮に立ち寄り参拝して来るがよい」

伝兵衛のありがたい配慮もあり、二人にとっては楽しい初秋の旅となった。

無事、水戸への遣いも済ませ、軍神として古来、武人の崇拝厚き、鹿島神宮参拝を済ませ、潮来の宿に泊まった時、その事件は起きた。

潮来は、利根《とね》川の水運によって、かつては大いに栄えた町である。

元文《げんぶん》の頃（一七三六～一七四一）の大洪水で、利根川の本流がずれて以来、寂《さび》れてしまったが、鹿島講中の旅人たちもずいぶんと訪れたし、遊び場には困らない。

当然、今よりもなお、若い頃の栄三郎は生真面目な新兵衛と違い、ふらりふらりと盛り場を徘徊《はいかい》するのを楽しみにしていた。

岸裏伝兵衛が、鹿島へ寄ってはどうだと告げたのは、

「たまには若い二人のこと、潮来辺りで大いに遊んでくるがよい」

という意味が含まれているはずなのだが、

「道場に戻るまでは師の代理。その名を少しでも汚してはならぬ」

新兵衛は、今よりもなお堅物《かたぶつ》で、この男の頭の中にはそのような解釈は存在しない。

結局、栄三郎は新兵衛一人を宿に残して遊び歩き、それが因《もと》で喧嘩《けんか》になるのである。

その日は、日の暮れる頃〝みさわ屋〟という旅籠《はたご》に投宿した二人――。

それからほどなく、

「少し出かけてくる」

と、旅籠を出て二刻ばかりいなくなった栄三郎を新兵衛が咎《とが》めて言い争いになった。
その様子を見た、旅籠の主人・藤兵衛《とうべえ》が二人の部屋へやって来て間に入った。
藤兵衛は無類の剣術好きで、自らも一刀流《いっとう》をかじったことのあるという、気の
良い初老の男であった。
栄三郎と新兵衛が来た時から、
「どこぞの剣客か……」
と、気になっていたらしく、酒なども振舞われ、そこから話がはずみ、夜もす
っかりふけた――。
「お休みの邪魔となってはいけませぬな。今宵はあれこれお話ができて楽しゅう
ございました」
藤兵衛は部屋を退出し、栄三郎と新兵衛は先ほどの喧嘩もすっかり忘れ、
「いい宿に泊まったものだな」
と、互いに上機嫌で床に就いた。
〝みさわ屋〟は潮来の宿の中心部から、やや東に外れた常陸利根川の岸にあっ
た。

川の流れる水音が、心地の良い調べとなり、栄三郎と新兵衛に聞こえてくる。

東に北浦《きたうら》、西に霞《かすみ》ケ浦《うら》、南に外浪逆浦《そとなさかうら》――水辺に囲まれた水郷での一夜は安らかに過ぎていくはずであった。だが、少しして、

「どうも落ち着かぬな……」

床の中で新兵衛が言った。

「お前もそう思うか」

寝つかれないのは栄三郎も同じであった。

水の音、虫の音に耳をすますうち、それらの清らなる響きとは異質の、殺伐とした〝気〟が川風に乗って押し寄せてくるような……。

「剣を取る者は、絶えず、生と死と向き合うこと」

日々、岸裏伝兵衛の教えが身にすり込まれた二人には、それがわかるのである。

栄三郎と新兵衛は床を出て、そっと細目に窓を開けてみた。

二人の部屋は二階で、窓の下は旅籠の出入り口となっている。

表の道の向こうは川で、土手には柳の木が並んでいる。

二人が覚えた〝気〟は、どうもこの土手の下草の向こうに感じられた。

「土手に人が伏せっているようだぞ」

新兵衛が夜目を利かせた。

「誰かを待ち伏せているのか……」

よく見ると、栄三郎にも人の気配は感じられた。

そこへ——。

東の方から、白木綿《もめん》の法被《はっぴ》を着た十人くらいの男たちがやって来るのが見えた。

手に手に太目の杖《つえ》をつき、菅笠《すげがさ》を被っている。

そういえば、鹿島講の一団が今宵《こよい》到着するはずが、まだ来ていないなどと、藤兵衛が言っていたのを思い出し、それが今着いたのであろうかと、二人が思った刹那《せつな》——。

土手の向こうから、大勢の武士が路上にとび出してきたかと思うと、

「ええい、それなる者ども、そこを動くな！」

と、その中の頭目らしき武士が一喝《いっかつ》した。

講の一団と見えた男たち——これに少しも臆《おく》することなく、一斉に杖に仕込んだ白刃を抜き放った。

その物腰はまことに堂々たるもので、全員が腕に覚えがあるようだ。たちまち激しい争闘が起こった。

「新兵衛……」

思わぬ展開に、栄三郎は、どうするかと新兵衛の顔を見た。

一見したところでは、鹿島講に化《ば》けた盗人を捕吏《ほり》たちが待ち構えて、今まさに捕物の最中と思われる。

「とにかく、宿に危害があってはならぬ」

新兵衛は、しっかりと帯を締め、両刀を差し、栄三郎もこれに倣《なら》った。

表の争闘に気づいた旅籠の客や女中たちが騒ぎ始めた。

表で藤兵衛の叫び声と、娘の悲鳴が聞こえた。

新兵衛と栄三郎がそっと窓の下を見下ろすと、偽講の一人が、捕吏が怯《ひる》んだのを見てとり旅籠に押し入り、藤兵衛の娘を人質にとったのだ。

引きずり出された娘の首筋には、仕込みの白刃が突きつけられている。さらに、

「止《や》めろ！」

それを止めようと、棍棒《こんぼう》を手にした藤兵衛が旅籠から出て、娘を攫《さら》った男に打

ちかかった。

「これはいかぬ……！」

新兵衛が唸《うな》った。

一刀流をかじった藤兵衛であったが、〝生兵法《なまびょうほう》は大怪我の基〟の例——争闘の場数を踏んだ賊に太刀打ちできるはずがなかった。

哀れにも棍棒は打ち払われ、逆胴に一刀を喰《く》らった。

「お父《とっ》つぁん！」

叫ぶ娘の声も虚《むな》しく、藤兵衛はその場に倒れ息絶えた。

「娘を叩っ斬るぞ！」

賊は旅籠の出入り口の前に立って吠《ほ》えた。

捕吏はその声に動きを止め、遠巻きに囲んだ。賊は思いもかけず腕が立ち、捕吏も数人斬られ路上に倒れていた。

その隙を逃さず、賊たちは旅籠の表で一丸となった。

娘を楯《たて》に、賊は活路を探るつもりであろう。

「おのれ、そうはさせるか……」

二階の一間で栄三郎が怒りに震えた。

あの人の好《い》い、藤兵衛が斬られた。それを助けられなかった自分が不甲斐《ふがい》なかった。

「栄三郎、参るぞ……」

新兵衛は静かに窓の戸に手をかけた。

今眼下にいる賊は、細目に開いた窓の向こうに、二人の剣客がいることを知らぬ。

岸裏道場一の遣い手の新兵衛は、怒ると気合が充実し、人が違ったように強くなる栄三郎を誰よりも知っている。この二人が力を合わせれば……。

「新兵衛、この日が来たな……」

この時、二人はまだ人を斬ったことがなかった。

頷き合うと、新兵衛は、

「えいッ！」

と、窓の障子戸を外し、下にとび降りた。

地に足が着いた時には、空中で抜いた一刀が、娘に白刃を突きつけていた賊の一人を、すでに真っ二つにしていた。

同時にとび降りた栄三郎は、出入りに立っていた一人を袈裟《けさ》に斬り捨て、助け

た娘を旅籠に入れた。そして、

「戸を閉めろ！」

と、中の者たちに叫び、かかってきた一人が横に薙《な》いだ一刀を、さっと屈《かが》んで頭上にかわし、その刃風を額に覚えつつ、逆に自らの刀を横に薙ぎ、見事なる抜き胴を決めた。

両手に確かな手応え、噴き出す敵の血潮――。

その時、新兵衛は旅籠を背に、右に左にたちまち二人を斬り倒していた。

捕吏がこれに呼応したのは言うまでもない。

思わぬ伏兵に陣形を乱された賊たちは散り散りに逃げた。

「やあッ！」

追いかけざま、新兵衛が一人を斬った。

どうっと倒れたその賊を見て、

「小次郎《こじろう》！」

思わず叫んだ一人が、新兵衛に斬りつけてきた。この男は相当、腕が立つ。

賊の頭目のようで、捕吏が二人、この男の手にかかって倒れている。

危うくそれをかわした新兵衛の足下で、

「兄貴……」

と、小次郎と呼ばれた賊が、断末魔の声をあげた。

「おのれ！」

兄のほうが、激しい突きを繰り出した。

新兵衛は怯《ひる》まず、太刀の峰ですり上げ、手首を返して真っ向から斬り下げた。

電光石火――鮮やかな手練である。

「とうッ！」

という気合もろとも、兄貴の菅笠は切り裂かれ、かわし切れずにその額に刀瘡《とうそう》ができた。

月が出た――。

兄貴と呼ばれた賊の頭目の顔が、顕《あら》わになり、月明かりにあばた面《づら》が浮かんだ。

この男こそ、八州鼬の異名をとる賊徒・小太郎であった。

「おあつらえむきに月が出たぜ。お前の顔は忘れねえ……」

小太郎は、勢いにのって押し寄せる捕吏を見て、今はこれまでと、新兵衛に背を向けた。

「待て！」

追う新兵衛をさらりとかわし、小太郎は傍の土手の上に跳躍したかと思うと、たちまち川の中にその身を沈めた。

「新兵衛、大事ないか！」

そこへ、栄三郎が駆けつけた。

「おぬしのほうこそ無事で何よりだ……」

盗人たちはほとんどが斬られ、生き残った者は捕縛された。

新兵衛は四人を斬り、栄三郎は二人を斬り、共に数人に手傷を負わせた。

気がつくと、自らも数ケ所に傷を受けていて、大きく息をついた二人であった。

「いや、まことに忝ない。お見事な腕前にござった……」

捕吏の頭である、水戸徳川家町奉行配下の侍・滝口《たきぐち》左門《さもん》が、栄三郎と新兵衛の働きを賛《たた》えた。

話によると、八州鼬の小太郎は、正体不明の浪人で、弟・小次郎と浪人仲間を募《つの》り、関八州方々で〝押込み〟を繰り返していた。

その手口は凶悪で、今まで、何人もの犠牲者を生んでいた。先日も、水戸城下で米問屋が被害に遭い、奉公人が数人殺害された。

水戸家では何としてもこれを捕えようと、町奉行の下、左門が探索を命じられ、水戸家の所領である潮来に入ることを探知して、今日の待ち伏せになったのだ。

「思うたよりも手強《てごわ》い奴らで手間取りました。まことに、御両所の機転に助けられましてござる。なに、逃げた小太郎もすぐに捕えられましょう」

左門は、栄三郎と新兵衛の人となりに感銘した様子で、金一封を用意したうえで、潮来にしばらく逗留《とうりゅう》してほしい。そして、一手指南を所望したいと持ちかけてくれたが、

「師の遺いで参っておりますので……」

と、これを丁重に断り、金一封は無念の死を遂げた藤兵衛への香料と路用に充《あ》てて、江戸へ戻った。

帰りの道中――。

栄三郎と新兵衛は互いに口数が少なかった。

つい先ほどまで、楽しく話していた藤兵衛が次に見た時には死んでしまうという無常。

人を初めて斬った興奮と虚脱。

そして新兵衛は、小太郎をすんでのところで取り逃がしたことが悔やまれてならなかった。

あの時、月明かりに見た、形相《ぎょうそう》凄《すさ》まじき小太郎の姿は、新兵衛の脳裏に焼きついて離れない。

弟を殺された無念は、さらなる凶行を引き起こす要因ともなるのではないか。そうも思われたのである。

実際、八州鼬の小太郎は捕えられることはなかった。あのまま川で溺《おぼ》れ死んだということに落ち着いたようだが、最後までその死体はあがらなかった。

それを気にかける新兵衛に、

「そんなことは役人のほうで心配することとさ」

と、栄三郎は、二人の間で潮来の思い出話が出るたびに笑いとばしてきた。

そのうちに、八年前のことは遠い思い出となっていたのであったが……。

「そんなことがあったんですかい……」

栄三郎から潮来での一件を聞いて、又平は細い目を丸くして驚いた。

八年前、潮来で水戸家の追捕《ついぶ》により一味は壊滅、小太郎は溺死《できし》と記録に残っているが、そこに、栄三郎と新兵衛の記述はないようだ。

「まったく手前だけの手柄にするなんて……」

「役人てものはそんなもんさ」

憤《いきどお》る又平に、栄三郎はそう言うと、小さく笑った。

「それで、小太郎は生きていると知れたんだな」

「へい。一昨年《おととし》、川越《かわごえ》の商家へ押し入った盗人に似た野郎がいたってことがわかりましてね。どうやらその前にも、何度かやらかしていたんじゃねえかということになって、手配書が回ったそうでさあ」

「そうか……。てことは、奴らをここへおびき寄せて決着をつければ、前原弥十郎、大手柄ってわけか」

「前原の旦那、大丈夫ですかねえ、何だか舞いあがっておりやしたよ」

「とにかく連中に気づかれねえことだ。新兵衛はそろそろ来る頃か」

「おそらくは……。茂兵衛の親分が相変わらず、ついているようで」

「よし……」

気合のこもった栄三郎の様子に、又平も意気込んで、

「旦那、いざとなったらあっしも……」

と、道具袋の中の脇差をちらりと見せた。

「無茶はせずに引っ込んでいろ。どこか高い処で様子を見ていりゃあいい」

栄三郎はそう言って、西の通りを窺い見たが、

「おい、ありゃあいってえ……」

と、不審の声をあげた。

向こうから、いずれかの役人と思われる侍たちが、材木商とその奉公人、木場人足たちと共に、群れをなして、こちらへ向かってくるではないか――。

「こいつは困った……」

栄三郎は歯嚙《はが》みして、又平と共にその場を離れた。

五

「こいつはいってえどうなってやがんだ……」

煙草売り姿の茂兵衛は、心の中で叫んだ。

新兵衛、さらに又平と連絡《つなぎ》をとった後、茂兵衛は、新兵衛を先導するがごと

く、新兵衛が進む道筋を先に進んだ。

永代橋を渡り、富岡八幡宮《とみがおかはちまんぐう》へ続く、一ノ鳥居を潜り、真っ直ぐに木場への道を行き、三十三間堂《さんじゆうさんげんどう》の南側、入船《いりふね》町の茶屋の床几《しようぎ》に腰を下ろし、新兵衛が来るのを待っていたのだが、ここでぞろぞろと役人たちが、木場の方へ向かって歩いていく光景を目の当《ま》たりにしたのである。

話によると、江戸城本丸御殿の改修普請《ふしん》が近々取り行われるとかで、小普請奉行が材木の検分に来るのだと言う。

「どうせ暇《ひま》つぶしに、材木屋の接待にありつくつもりだろう……」

これでは、木場で決戦とはいかない――。

それは、相変わらずゆったりと道行く新兵衛にもすぐにわかった。

――そろそろ日も暮れてこようというのに。

新兵衛は、待ち受ける決戦場の変更を迫られていた。

八丁堀を抜けて、永代橋を渡れば深川となる。江戸に名高き盛り場を控え、人通りは賑やかで道行く人も雑多になる。

あらゆる姿に身を変えた、小太郎の一味がすでにそこかしこに潜んでいるに違いない。

迷った様子を見せると、何かを勘付かれるかもしれない。

歩みを進めると、茂兵衛の姿を茶屋に見た。

――この男、なかなかよく働く……。

新兵衛は勝負に出た。

「おお、煙草屋、また、会うたな。あれから少しは売れたか」

「へい、お蔭さまで、ほんの少しだけ売れやした」

すぐに茂兵衛は返してきた。

新兵衛は茶を注文すると、汗を手拭いで拭って、

「こう暑いと売り歩くのも大変だな」

「と言って、これしか能がありませんや。旦那は、どちらへお行きになるんです？」

「それがな、この近くに住んでいる昔馴染みの家を訪ねることになっているのだが、それまでちと間があってな」

「ヘッ、ヘッ、それでのんびりと歩いてたってわけで」

「ああ、おれは何の嗜《たしな》みもない男でな。暇を潰すのに苦労する。どこか人目につかぬ所があれば、素振りでもしていたいのだがな」

「人目があると恥ずかしゅうござんすか」

「いや、刀を抜いたら人が恐がるゆえにな」

「そりゃあそうだ。だったらいい所がありますぜ」

茂兵衛は声を潜めた。

「それはどこだ」

新兵衛は、目に光を宿して茂兵衛を見た。

「ここから三十三間堂を通り過ぎて、橋を渡って、もう一つ亀久橋《かめひさ》を渡ると、浄心寺《じょうしん》の裏手に出て来まさあ。そこに、本堂の裏に続いている掘建て小屋があるんですが、その前は一段低くなっていて、木立に囲まれておりやしてね、人目を忍ぶにはおあつらえ向きで……」

茂兵衛はニヤリと笑った。

「ほう、よく知っているな」

「ヘッ、ヘッ、今の嬶《かか》ァとは、そこで何度か、ちんちんかかかも……」

「こ奴め、ぬけぬけと……。よし、いいことを聞いた。だがおれのほうは色気抜きだ」

「暑いのにご苦労なことでございますねえ」

「それが、おれの仕事でな。茶代はおれの奢《おご》りだ」

新兵衛は、運ばれてきた茶をぐっと飲み干すと、二人分の茶代を置いて、言われたとおりの道を辿《たど》る――。

茂兵衛もまた、立ち上がり、

「旦那、ごちになりますぜ！」

と言って、こちらはいざという時、前原弥十郎との落ち合い所に決めていた、洲崎弁財天社に、逸《はや》る気持ちを抑えて足早に向かった。

これを見届け、立ち上がった客がいる。

一人の浪人と、職人風の男である。

二人は、目で合図を交わしたかと思うと、二手に分かれた。

浪人は足早に、三十三間堂南門へと向かった。

門前には籠を下ろして煙管《きせる》を使う、屑屋がいた。

新兵衛と距離を計って、手下どもに指令を下す小太郎である。

浪人は小太郎に近寄ると何やら耳打ちした。

小太郎は頷くと、

「伊佐《いさ》はどうした」

と、煙管の雁首《がんくび》を傍の桜の幹に打ちすえた。

「今頃は煙草売りを……」

「そうかい。伊佐のことだ。抜かりはあるまいが、新兵衛という男は手強いぞ」

「なに、我らの腕にかかれば、あ奴一人くらいは、いかほどでもあるまい」

「頼んだぞ。おれの弟の敵《かたき》だ……」

小太郎は、唸るように声を絞り出した。

八年前——利根川に身を沈めながらも生き長らえた後、小太郎は三年の間、行商の形《なり》をして諸国を歩き潜伏した。

関八州を股にかけ、荒らしまくって隠し貯《た》めた金で食うには困らなかった。

ただひたすら目立ったことはせず、猫の皮を被って過ごすうちに、八州鼬の小太郎は、あの日川で溺れ死んだとされていることを知った。

だが、そのことがかえって小太郎の中の荒ぶる心に火をつけてしまった。

——弟を殺され、手下を殺され、おれは溺れ死んだ。それじゃああんまり情けねえ。

初めのうちこそ、まんまと逃げ果《おお》せたとほくそ笑んだものの、その想いが日ごと募ってきたのである。

「いつの日か我が父子の剣名を世に知らしめるのだ」

小太郎の父親は剣客で、小太郎、小次郎の二人を連れて、諸国の道場を巡ったが、田舎《いなか》兵法者づれと蔑《さげす》まれ憤死した。

旅の空の下、残された十四と十二の兄弟には、父が身につけてくれた剣を取り、闘う術《すべ》のほか、何も持つ物がなかった。

しかも、まだ子供の二人。剣の道に日々の暮らしを見出せるはずはなかった。

小太郎はいつしか賊徒となり、その過程で弟と共に剣の腕を磨き、剣名ならぬ悪名を響かせた。

たとえ悪名でも、物売りなどに変装している時、町の者たちが〝八州鼬の小太郎〟の名に恐れ戦《おのの》く様子を目にすると、快感に体が痺《しび》れた。

「おれは、親父《おやじ》をはねつけた世の中に喧嘩を売ってやるのだ……」

そう思って生きてきて、誰が呼ぶともなく出来上がった〝八州鼬〟の異名が汚されてなるものかと、小太郎は世に出られぬ不満を持つ浪人どもを手下に、再び関八州のそこかしこに現れては押し込みを働くようになったのだ。

その間にも、忘れられぬのは、月夜の下で剣を交えた、〝あの剣客〟であった。

主・藤兵衛を失い、旅籠〝みさわ屋〟は、その後廃業していたので、当時を記す宿帳は消えている。

それを執念深く調べあげ、当時、捕縛に参加したという水戸藩士の一人に近づく機会を得て、〝松田新兵衛〟という名をのみ知ることができた。

——奴をこの手で斬ってみたい。

弟・小次郎の敵討ちでもあるが、強い者と剣を交えて決着をつけるという、父に教え込まれた意気地のような心の疼《うず》きが、小太郎の中で生まれていたのである。

そして三月前。下総野田《しもうさのだ》の醤油《しょうゆ》問屋に押し込んだ後、江戸に潜伏していた小太郎は、明日、八王子《はちおうじ》に出立する下打合わせをするために、一味の者たちを本所回向院に集結させたところ、ついに松田新兵衛を見つけたのであった。

「こいつはおれの頼みだ。一人二十五両出す。殺しを手伝ってくれ」

手下どもにも異存はない。もとより変装が得意の〝八州鼬一味〟は、自ら死地に赴く新兵衛の後を追い、浄心寺の裏手に決闘の時を迎えようとしていた。

だが、その決闘の場は、岡っ引きの茂兵衛が、咄嗟に仕組んだものであることを、賊たちは知らぬ。

その茂兵衛は、深川木場からの、思わぬ決闘場所の変更を、南町同心・前原弥十郎に知らせんと、平野橋《ひらの》を渡って洲崎の海辺に続く道に出た。

そこで、脇腹に冷やりとしたものを覚えて立ち止まった。

「動くんじゃねえ……」

後ろから来た職人風の男が、手にした風呂敷包みに巧みに忍ばせた匕首《あいくち》を突きつけたのである。

不覚であった。

尾行をさせれば右に出る者のない茂兵衛も、己が背後には気が回らなかった。そのうえ、早く知らせようと気持ちが舞い上がっていた。

何よりも、自分の尾行が悟られていたことが、堪《たま》らなく悔しかった。

「何をしなさるんで……。あっしはただの煙草売り。こんな目にあわされる覚えはござんせんよ」

それでも、自分が町方の手先であることは、殺されても言わぬ覚悟の茂兵衛は、煙草売りを演じ続けた。

「とにかく、ちょいと顔を貸しな」

職人風の男は、〝伊佐〟と小太郎が呼んでいた盗人の一人である。

伊佐は、茂兵衛を葦野《あしの》に連れ込んだ。

「とにかく訳を聞かせておくんなさいまし。これはきっと何かの間違いで……」

「お前はついてなかった。それだけだ」

「なんですって……」

「屑屋の顔を見ただけならまだしも、額の刀傷を見られては後々面倒の種が残るかもしれねえ」

「あっしには、いってえ何のことやら……」

小太郎は、新兵衛を尾行する自分を、さらに誰かが尾行していることには気付いていなかったが、頭に被っていた手拭いを取って、汗を拭った時、額の刀傷を煙草売りに見られたであろうと直感した。

その煙草売りの口を念のため、塞いでおこうと思ったのである。

小太郎の真意が読めて、茂兵衛は相手が自分を煙草売りだと思い込んでいることに、内心胸を撫《な》で下ろした。

――早くこの野郎から逃れて、松田様の行く先を、前原の旦那にお伝えしなけりゃあ、大変なことになっちまう。

茂兵衛は、左手をそっと懐の中に忍ばせた。

探索中は怪しまれぬよう、十手《じって》は持たない茂兵衛であるが、その代わり、一尺ほどの鉄製の喧嘩煙管を懐に入れている。

「そ、その屑屋っていえのは、いってえ誰なんですよう……」

言うや、茂兵衛はその煙管を手に、素早い動きで振り返り、伊佐の匕首を持つ手に振り下ろした。

伊佐はただの煙草売りと油断をした。

鉄の煙管で手首を打たれ、思わず匕首を取り落とした。

次の瞬間——茂兵衛は脱兎《だっと》のごとく駆けた。

「ま、待ちやがれ……」

足の速さには覚えのある伊佐であったが、葦の茂みを駆け抜ける茂兵衛は韋駄《いだ》天《てん》のごとく素早い。

人目のつかぬ茂みに駆け込んだのは、他に仲間が見張っているのではないかという咄嗟の判断である。

——この煙草売り、只者《ただもの》ではない。

それならなおのこと、この茂みの中で息の根を止めてしまわねばならぬと、伊佐が匕首を拾い必死で追う。

何がさて、洲崎弁財天社に駆け込まねばならない茂兵衛も、ひたすら駆ける。

今頃はもう、松田新兵衛は浄心寺裏の決闘の場に着いている頃であろう。

しかし、浜辺の道に出る直前、肩に焼け付くような痛みを覚えて、無念にも失速した。

伊佐がついに追いつき、匕首を茂兵衛に振り下ろしたのである。

「死にやがれ……」

振り向きざまに喧嘩煙管で応戦した茂兵衛を蹴り倒し、伊佐が匕首を逆手に持ちかえ、茂兵衛の胴体を刺し貫《つらぬ》こうとした時であった。

「えいッ！」

という掛け声が辺りに響き、伊佐はその場に崩れ落ちた。俄《にわか》に現れた黒影が、伊佐の胴を峰《みね》打ちに叩いたのだ。

「親分、大丈夫かい」

そこに、栄三郎が頰笑む姿があった。

又平と共に、木場を立ち去った栄三郎は、新兵衛と茂兵衛の姿を求めるうちに、茂兵衛を追う伊佐の姿を目にしたのであった。

「あっしのことより、松田様が……」

訴える茂兵衛の顔に葦の影が差した。

日はゆっくりではあるが確実に暮れて行く。

闇の中で働く盗賊が、本領を発揮できる夜が、間もなくやってこようとしていた……。

六

「なるほど。確かにおあつらえ向きだ。ここを覚えておこう……」

そこは、茂兵衛が言ったとおり浄心寺の裏手にあたり、本堂が建つ所からは低地となり、周囲を木立に囲まれていた。

境内とは、用具を入れるのに使っていたと思われる、掘建て小屋によって仕切られている形で、真剣を抜いての稽古にはうってつけである。

新兵衛はついに決戦の地に到着した。

——あ奴ならば必ず姿を現すはずだ。

新兵衛は、低地の中央に歩みを進めて、さっと刀の下げ緒を取り払い、襷《たすき》十字にあやなすと、袴の股立《ももだ》ちを取って、刀の柄《つか》に手をかけた。

だが刀はまだ抜かぬ。

四囲の木立に気を放ち、敵の動きを心に読んで、静かに腰を沈めて抜刀の構え——。

その時、木立の内では、木蔭に置かれた屑屋の籠に、商家の奉公人風、人足風、托鉢僧が次々に近寄っては、菰《こも》に包まれた籠に潜む太刀を手に取り、物蔭に消えていった。

小太郎のほうでは、伊佐が戻っていないが、手に手に太刀を取った六人が、新兵衛を囲み終えていた。

やがて、この六人を、栄三郎の手配で南町の役人たちが取り囲むであろうが、当初の目的地であった木場に邪魔が入ったうえは、その到着はいつや知れぬ。

——それまでは、何としても持ちこたえねばならぬ。いや、助けを願うな。悪人とはいえおれは八年前、人を斬った。人を殺せば、その因縁《いんねん》がつきまとうは必《ひつ》定《じょう》。その因縁を己一人の定めとして受け止めるため、おれはここに来たのだ……。

新兵衛は、頭をよぎるいろいろな想いを取り除いた。

無念無想の境地にて、ただ素振りをするつもりで刀の鯉口《こいぐち》を切った。

「たアッ！」

た。
その途端、背後の木立の中から、突如、躍り出た人足風が抜き打ちをかけてき
た。
新兵衛は振り向かず、前方へと走りながら抜刀する。それに、今度は右手の木
蔭から托鉢僧が突きを入れてきた。
新兵衛は右手に太刀を持ち、僧の刀をはたき落とすや突如立ち止まり、振り向
きざまに真っ向から、今度は双手《もろて》で一刀を振り下ろした。
「ぎゃアッ！」
人足風は額から真っ二つに割られ、即死した。
凄まじい剣技を見せつけられた小太郎一味は、しかし怯むことなく一斉に木立
から出て新兵衛を取り囲んだ。
僧の向かい側から斬りかかった浪人の刀を下からすり上げた新兵衛は、ひらり
と体をかわして、大木の幹を背にすると、ゆったりと青眼《せいがん》に構えた。
囲む五人の真ん中に、小太郎がいた。
「あれから腕をまた上げたようだな」
と、新兵衛を見て、吉原冠りにしていた手拭いを取った。
「おれを覚えているか……」

その額には、八年前、新兵衛によって刻まれた刀傷があった。

「忘れはせぬ。八州鼬の小太郎だな。よくぞ生きていたな」

「ヘッ、ヘッ、覚えていてくれたとは嬉しいぜ。松田新兵衛、こう早く会えるとはな」

「弟の敵を討ちたいのなら、おぬしも元は武士と聞いた。正々堂々、果たし合いと参ろうではないか」

「盗人を捕えて、正々堂々とは笑わせるぜ。これがおれたちのやり方よ」

「果たし合いならば、おぬし一人を斬ればよいと思うたまでのこと」

「自惚《うぬぼ》れは命取りだぜ」

小太郎はふっと笑った。

「お前、誰かにつけられていると知って、そいつを迎え撃とうとして、こんな所に来たんだろう」

「そうか、それを悟られていたか……」

「手前のような強え奴は、そうやって自惚れるんだ。相手がどれだけ強いか考えもしねえでな。言っておくが、おれたちは手強いぜ」

「そいつは楽しみだ」

「一つ聞いておくぜ。お前のような強え男が、どうして名前が知れ渡っていねえんだ。よほど、世渡りが下手《へた》なのか……。いや、それとも……」

「なぜ、そのようなことを問う」

「おれの親父も強かったが、世の中に名が知れねえまま死んじまった。あの世に行った時、だからお前は駄目だったんだと、言ってやろうと思ってな」

「生憎、答えてはやれぬ。おれは己のために剣を学んでいる。そんなことはどうでもよい」

「そうかい、親父もお前のように生きられたら、狂い死にすることもなかっただろうによ。さて、決着といくか……」

小太郎の顔に残忍な笑みが浮かんだ。

それが合図となった——。

小太郎たち五人は、唸り声をあげると一丸となって、新兵衛に襲いかかった。

二十五両の獲物がそこにいた。

新兵衛は逃げた。

五人は、強烈な一撃で一人を真っ二つにした新兵衛のこの行動に意表を突かれ、

「おのれ、逃がさぬぞ！」

と、算を乱してこれを追った。

小太郎との会話の間に、新兵衛は、大木を背にしていては、前方と左右に敵を受けることになる不利を悟り、掘建て小屋に駆け込んだのである。

これを追うのは、小太郎、浪人、托鉢僧、商家の奉公人風の二人――小屋の入口では一列にならざるを得ない。

奉公人風の一人が、気負いが先立ち、吸い込まれるように小屋へ躍り込んだ。

これが新兵衛の狙いである。

一対一なら負けはしない。

「えいッ」

と、繰り出した一刀は追手の首筋を深々と斬り下げた。

続いて突入しようとする浪人を、小太郎は、

「待て……」

と、制した。

「誘いにのるな。取り囲め」

このあたり、小太郎は落ち着いている。

――どうするつもりだ。

小屋の内で、新兵衛は外の動きに耳をすませた。

――まさか、人目がある。火もつけまい。

所々、穴が開いている壁から外が見られた。

小太郎たちは、何かを手早く組み立てている。

――しまった……。半弓だ。

穴だらけの小屋の四方の壁の隙間から、賊たちは二尺（約六〇センチ）ばかりの矢を一斉に射かけるつもりのようだ。

――打って出るしか道はないか。

思案する新兵衛の耳に、小太郎の勝ち誇った声が届いた。

「自惚れはいけねえぜ。だが、おれたち相手にここまでやるとは大したもんだ」

四人がゆっくりと矢を番《つが》える様子が見えた。だが、同時に新兵衛の目に希望の光が見えた。

「おれの自惚れより、お前のそのお喋《しゃべ》りが、命取りにならねばよいがな」

新兵衛は大音声《だいおんじょう》をあげた。

「何だと……」

その時である。

小太郎一味に、次々と石礫《いしつぶて》が飛来したかと思うと、本堂の裏手から、木立の四囲から、前原弥十郎たち南町の精鋭が微行姿に太刀を抜き放ち、殺到した。

その人影を小屋の内から、新兵衛は見たのである。

「新兵衛！」

捕吏の中に栄三郎の姿もあった。

「しまった……。野郎にだしぬかれた……」

小太郎たちは散り散りに逃げるべく、木立の中で逃走の闘いを繰り広げた。

「栄三郎！　来てくれたか……」

小屋の外で再会を果たした栄三郎と新兵衛、頷き合うと、二人でたちまち浪人を峰で倒した。

ふと見ると、追手をかわした小太郎が、寺へ続く境内への高処に跳躍する姿があった。

「うむッ！」

新兵衛は駆けつつ、帯に差していた、武具屋でもらった棒手裏剣を思い出し、これを投げた。

手裏剣は見事に、右の脹脛《ふくらはぎ》に突き刺さり、筋を切られた小太郎は着地ができず、その場に転げた。

「斬れ……」

駆け寄る新兵衛を見上げ、最早《もはや》これまでと、小太郎は言った。

「斬らぬ。盗人は盗人なりの最期を遂げよ」

新兵衛は、小太郎の首筋に峰の一撃を入れると、静かにその場を立ち去った。

夜はゆっくりとやって来た。

方々で御用提灯の明かりがついた――。

その明かりに、前原弥十郎のにこやかな顔が浮かび上がった。

どうやら、すべてが終わったようだ。

七

それからしばらくして――。

夏の陽射しは依然として厳しく、〝手習い道場〟を照らしていたが、

「えいッ」

「やアッ」

という爽やかなお咲の掛け声が、道場に清涼の気を醸《かも》していた。

果たせないままでいた、お咲に剣の型を教えるという約束を、新兵衛は今日果たしたのである。

小太郎一味との決闘の後、新兵衛はふらりと旅に出た。

あの日、前原弥十郎から緊急の報せを受けて、小太郎捕縛に向かった。非常掛方与力・鮫島文蔵《さめじまぶんぞう》は、

「これほどの剣客がいたとは……」

と、新兵衛に感嘆《かんたん》し、あれこれ配下の者たちへの指南を頼んだり、宴席に誘ったりと、大物の盗人一味を捕縛した興奮が重なり、新兵衛の周りで騒ぎ出したのが面倒だったようだ。

「おれは己が因縁の決着をつけたまで。今度の一件で、まこと見事であったのは、まず茂兵衛、後は、栄三郎、又平、お染、それに、前原弥十郎殿だよ」

そう言って、〝ほとぼり〟をさましに旅へ出て帰って来たのである。

「町の娘が刀を振り回すことなど許されぬ。だが、嗜《たしな》みで終わらせるには惜《お》しいな」

新兵衛は、栄三郎と二人で教授した型を、又平相手に嬉々として復習するお咲の姿を見て呟《つぶや》いた。

見所で新兵衛と並んで見ている栄三郎は、その言葉に同意しながらも、

「八年前は、うまく立ち廻れば水戸家に仕官が叶《かな》ったかもしれぬ。今度は与力の鮫島殿とうまく付き合えば、お前の名を人に知らしめることができるというのに、まったくお前は世渡り下手というか何と言うか……」

と、呆《あき》れ顔で言った。

「はッ、はッ、誰かにも同じことを言われたよ」

新兵衛はふっと笑った。

小太郎の顔が浮かんだ。新兵衛も十五の時に、父を亡くしていた。仕官が叶わず、浪人暮らしのままの不遇な最期であった。

それでも父は、死ぬまでに己が息子に、正義たるものは何かを、しっかりと教え込んだ。そして、世の中へ恨みがましいことは何ひとつ言わなかった。

自分が小太郎、小次郎兄弟のようにならなかったのは、父のお蔭であった。父は立派な人であったと、新兵衛は今つくづくと思うのである。

お咲との約束を果たした新兵衛は、手習い道場を出ると、武具屋へ向かった。

注文していた籠手が出来上がっていた。

「どうぞ、着けてみてください」

主の簗田仁右衛門が差し出した籠手は、新兵衛の手にピタリと馴染み、手の内の鹿革も吸いつくようであった。

「いや、これはよい……」

思わず新兵衛の顔が綻《ほころ》んだ。

その表情には、あの日の殺気がすっかりと消えていた。

「気に入っていただいて何よりに存じます」

子供が新しい玩具《おもちゃ》に大喜びするように、しげしげと籠手を眺めている新兵衛を、仁右衛門は満足そうに見ると、

「これもお役に立ったそうで」

と、件の棒手裏剣を、新兵衛の前に置いた。

「知っておられたか……」

新兵衛は苦笑した。

「八丁堀は、うちのお得意様でございまして」

「はい。ずいぶんと役に立ちました」

「どうぞ、また、お持ち帰りください」

「忝《かたじけ》のうござる。先日の手裏剣は、あの日のどさくさで失《な》くしてしまいましてな」

「旅に出られていたとか」

「久しぶりに訪ねたい道場がござって……」

「華々しいお手柄を立てられたばかりだというのに……」

「はッ、はッ、あのままいれば、少しは名をあげられましたかな」

笑いとばす新兵衛を仁右衛門はつくづくと見た。美しい芸術品を鑑賞するかのような眼であった。

「いや、貴方《あなた》の名はとてもあがりましたよ」

「さようでござるか」

「世の中に名をあげるのではなく、貴方の名前そのものの値打ちが上がったということです。私は、貴方のような人にこそ、私が作った武具を使っていただきとうございます」

「いやァ、うむ……」

にこやかに頷く仁右衛門の前で、新兵衛は照れた。

──栄三郎が聞いたら、何と言っておれを冷やかすことか。

新兵衛は、懐から手拭いを取り出し、何度も何度も顔の汗を拭いながら、そう思った。

第三話

がんこ煙管《ぎせる》

「やっぱり無理ですかな……。うむ、無理でしょうな……」

遠慮がちに宗右衛門が言った。

「まことに面目《めんぼく》ない。もう少し待ってくだされ。必ずや色よい返事を……」

申し訳なさそうに、栄三郎が応えた。

ここは、日本橋呉服町にある呉服《ごふく》店〝田辺屋〟の奥座敷。

このところ、このようなやり取りが、二人の間で何度となくかわされている。

初めの頃は、庭に〝あやめ〟が咲いていたが、今は蟬《せみ》がかしましく鳴いている。

それでも、時折こうして栄三郎が訪ねてくれることが楽しみの宗右衛門は、頼み事が不調でも、まことに機嫌が良い。

宗右衛門に依頼を受けながら、なかなか果たせずにいる取次の仕事を、栄三郎は抱えていた。

それは、鉄五郎《てつごろう》という煙管《きせる》師に、新たに煙管を作らせることである。

一

話は半年前に遡《さかのぼ》る。

田辺屋の得意先に、根岸《ねぎし》肥前守《ひぜんのかみ》鎮衛《やすもり》という人物がいる。

言わずと知れた、江戸南町の名奉行である。

ある日、肥前守は、北町奉行・小田切《おだぎり》土佐守《とさのかみ》直年《なおとし》と同席することがあり、そこで、土佐守が持っている煙管に思わず見入ってしまった。

雁首《がんくび》と吸い口は真鍮《しんちゅう》製で、巧《たく》みに小桜模様が散らされてある。それをつなぐ胴体である羅宇《らう》の色合いも深みがあり、細さ長さともにちょうど良く、いかにも吸いやすそうだ。

それほど、煙草《たばこ》好きではない肥前守であるが、良い煙管を持ち歩くというのは、男の嗜《たしな》みであると思っている。

それが、鉄五郎なる煙管師の作であることを知り、

「みどもも、鉄五郎の煙管を買い求めとうござる」

と、土佐守に感心して見せたのだが、

「いや、鉄五郎の煙管は、諦められたがようござる」

土佐守は言下にそう言った。

「何か仔細《しさい》がござるか」

肥前守が不審の眼を向けると、

「それでござるよ。実はこの煙管、人から譲り受けたものでござってな。もう一本欲しゅうなって、家の者に買い求めにやらしたところ、鉄五郎なる男、煙管作りをやめてしもうたそうな……」

「やめてしもうた……」

話によると、この鉄五郎――とんでもない頑固者《がんこ》で、少しでも気に入らないことがあると、いくら金を積まれても煙管を作らないそうである。

それでも、注文は絶えることがなく、ついに鉄五郎は煙管師でいること自体が煩《わずら》わしくなり、廃業して、ただの煙草屋の親爺《おやじ》になってしまったというのだ。

「この江戸には、他にいくらでも良い煙管はござろう。肥前守殿、この煙管のことはお忘れなされい」

忘れろと言いつつ、土佐守はその煙管で一服つけた。

南北両奉行は、共に奉行としての誉《ほまれ》は高く、江戸庶民に愛されていて、互いの仲も良いのだが、好敵手同士、些細《ささい》なことで子供のように張り合うところがある。

自慢気に煙管を使う土佐守を見て、肥前守はおもしろくない。

早速、役宅に戻ると、家士に命じて、鉄五郎に煙管を作ってくれるよう頼みに行かせた。

いかな頑固者でも、奉行の頼みとなれば、

「今度ばかりは御奉行様の顔を立てましょう。くれぐれも内緒にしておくんなさいまし」

これくらいの返事が聞けるものと思っていたのだが、

「そいつは、貴方様が気を利かされてのお話ですかい。それとも、御奉行様から直々《じきじき》のお申しつけでございますかい」

用件を聞くや、鉄五郎はそう言って、遣いの者を睨《にら》みつけたという。

煙管作りをやめた者に煙管を作れと言うのは、注文を断った者をないがしろにしろという命令に等しい。

まさか名奉行と世に謳《うた》われた、根岸肥前守ほどの者が言ったこととは思われないと、鉄五郎は言うのだ。

家士はこれには返す言葉が見つからず、

「我が一人の判断である……」

出直して参ると、引き上げた。

この報《しら》せを受けた肥前守は、少しも怒らず、

「それはすまなんだ。鉄五郎め、味なことを吐《ぬ》かしよる」

と、笑いとばした。

この、根岸肥前守鎮衛という人物――。

百五十俵取りの小身旗本・安生定洪《あんじょうさだひろ》の三男坊で、同じ百五十俵取りの旗本である、根岸衛規《もりのり》の養子となって後、勘定所に出仕、評定所留役、勘定吟味役、佐《さ》渡《ど》奉行を経て、役高三千石の勘定奉行に抜擢され、さらに江戸南町奉行にまでなった。

そもそも、実父の定洪は相模《さがみ》の百姓の出ながら、御家人株を買って侍となった人で、肥前守も世情に通じていて、若い頃は町場で暴れ回り、その身には彫物《ほりもの》が隠されているという噂《うわさ》もあった。

それほどの男である。

権威を振りかざし、たかが煙管一本、無理に作らせるような野暮はしない。

とは言うものの、何かの折に土佐守に会うにつれ、鉄五郎が作った煙管が欲しくなって仕方がない。

つい、出入りの商人・田辺屋宗右衛門に、こぼしてしまった。

肥前守からこの話を聞けば、そのままにしておけない宗右衛門である。

鉄五郎が作ったという煙管を探し出し、金を積めば手に入らないこともあるまいが、奉行が口にする品となれば、やはり新しく作った物を差し上げたい。

そう思って、鉄五郎なる煙管師の様子を探ってみたのだが、その人となりを聞けば聞くほど、

「将軍様に言われても断るであろう……」

そんな男であることが知れてきた。

思案していると、自分の地所に、〝手習い道場〟を構える、秋月栄三郎の顔が浮かんできたのである。

町人と武士の〝橋渡し〟をする〝取次屋〟として、町の者たちの役に立っているという評判は予々《かねがね》聞いていた。

依頼の内容を聞くと、栄三郎は、

「やり甲斐《がい》のある話だ……」

これを二ツ返事で引き受けた。

煙管を欲しがる奉行・肥前守――。

頑として煙管を作ろうとしない鉄五郎という職人――。

いずれもおもしろいではないか。

貧しい町の子弟に手習いを教授し、町の物好きに剣術の指南をする栄三郎は、取次屋をすることで、〝手習い道場〟の費《つい》えを補《おぎな》ってきたが、取次屋をするのは金のためだけではない。

あらゆる人に触れ、世の中のおかしみ、哀しみを知ることが、元来好きなのである。

つまり、栄三郎は剣の奥義を極めることよりも、剣を使う〝人〟について知るために、剣術を続けていると言える。

「よし、その頑固親爺を手玉にとってやろうではないか……」

と、猛獣使いの気分で、まず鉄五郎に会いに行った。

鉄五郎は、京橋を北へ少し行った所の鈴木《すずき》町に住んでいた。

日本橋南通りから、稲荷社のある東へ折れた道に面している煙草屋であった。

栄三郎が住む道場からはほど近く、そこはすぐに知れた。

煙草屋といっても、障子に何が書かれているわけでもなく、開け放たれた戸口の向こうに、刻み煙草が入った黒塗りの箱と、秤《はかり》が置いてあるだけで甚《はなは》だ愛想がない。

この頃の煙草屋は、まだ計り売りがほとんどで、客は自分で紙に包むか、煙草入れに詰めるかするのだが、なかなか入りにくい店である。

表の床几《しょうぎ》には、難しい顔をした、店の親爺が座っているのでなおさらである。

――いやがった、いやがった。あれだな、鉄五郎っていう頑固者は。

一目でわかった。

胡麻塩《ごましお》頭にねじり鉢巻。眉は太く、眉尻のところが特に長く、その下で目がぎょろりと空を睨《にら》んでいる。鼻は団子で唇はぶ厚い。

いかにも、頑固を絵に描いたようだ。

――まったく、ここまではっきりしていりゃあ楽しくなるぜ。

元来、栄三郎――客に接する者の無愛想を許さぬ男である。

「あの店のあの親爺の、頑固でつっけんどんなところが、また、こたえられねえんだよな」

などと言うようなことを言う奴《やつ》は、恰好《かっこう》をつけた馬鹿だと思っている。

大坂の町人の出である栄三郎は、江戸っ子によく見られるこういう痩《や》せ我慢のような感情が理解できなかった。

顔馴染《なじ》みならいざ知らず、初対面の客に怒ったような物の言いようをする奴は、どんなにうまい物を食べさせてくれる料理人でも、どんなに素晴らしい腕を持った職人でも許されるものではない。

たちまち料理はまずくなり、品物はつまらなくなる。

また、こういう頑固親爺に気に入られようと、その顔色を見ながら、連れて来た者に、あれこれ指示を出すような輩《やから》は、もう殴ってもよいとさえ思っている。

客だと偉《えら》ぶるつもりはないが、金を払って馬鹿にされる覚えはない。

そういうわけで、いまだにむかっ腹を立てて、無愛想な奴と喧嘩《けんか》になることがしばしばの栄三郎であるが、元来人好きの彼は、喧嘩相手と仲良くなる術《すべ》も知っている。

男と女は寝てみないと、本当にわかりあうことはできない。

男と男は、喧嘩をすることでわかりあうことができる。

それが人博士である栄三郎の信条で、こういう頑固者ほど、心根が美しく、真っ向から渡り合えば、後々良き関わり合いを結んでいけるものだという確証が、今までの経験によって生まれていた。

——なにはさて、まず触れ合うことだ。

栄三郎は、汗ばむ陽射《ひざ》しをものともせず、日蔭《ひかげ》に入ることなく、じっと頑固に床几を動かない鉄五郎を眺めて頷《うなず》いた。

店の前で、あれこれ想いを巡らす栄三郎を、鉄五郎は、怪訝《けげん》な顔でジロリと見た。

「あっしの顔に何かついておりやすかい……」

などという決まり文句が返ってくるかと思いきや、鉄五郎は再び空を見て、大欠伸《あくび》をひとつした。

これが、栄三郎と鉄五郎の初めての接触であった。

――この親爺め、まるで相手にしやがらぬ。

栄三郎としては、無視されて拍子抜けであり、不本意極まりないが、鉄五郎は栄三郎を見て、

「この野郎は、きっとおれに、煙管を作らせようとする輩《やから》に違えねえ……」

と、たちまち看破《かんぱ》して、話しかけてくる隙《すき》をみせたくはなかったのである。

もとより栄三郎は、いきなり鉄五郎に、煙管を作ってくれなどと持ちかけるつもりはない。

顔馴染みになって、ここぞという時に切り出すつもりであったから、

「煙草を売って欲しいのだが」

と、あくまでも煙草屋の客の振りをして声をかけた。

「へい……」

鉄五郎は無愛想に立ち上がると、黒塗りの箱に入っている刻み煙草を、至極適当に秤にかけて、

「何かに包みますかい」

「いや、この煙草入れに詰めてもらおう」

「へい……」

「おう、すまねえな。煙草は国分《こくぶ》かい。阿波《あわ》の煙草もいいとか聞くが、おれは国分がいいねえ。まだ江戸で売り込みが許されてねえらしいが、こうしてありつけるってえのは、ありがてえもんだ……」

「八文でごぜえやす」

「……。そうかい、ここ、置いとくぜ」

「まいど……」

あれこれと喋《しゃべ》ったのに、まったく愛想がない。

――これでは喧嘩にもならぬ。

とにかくその日は銭を置いて道場へ帰った。

まず、顔見知りになることだと思い直し、買って来た煙草で一服つけると、これがなかなか旨《うま》い。

あの店で、あの様子でやっていけているのも、煙草の味が忘れられない客がいるからであろう。

それを救いに、二日後、またも煙草を買いに行った。

この時も鉄五郎は、黙って煙草の計り売りをしたが、表に一人の男の姿を見かけると、

「ちょいとお待ちを……」

と、栄三郎に断って表へ出るや、

「手前、この野郎、二度と店の前を通るなと言ったはずだろう。ここは煙草屋だ。煙管が欲しけりゃあ、他をあたりやがれ！」

凄《すさ》まじい剣幕で男を追い返したかと思うと、また、店へ戻って、

「八文でごぜえやす……」

その日も煙草だけ買って帰った。

「煙管を作ってくれ」

などと言うことは、やはり無闇に言うべきではないことがわかった。

ろくに会話もないまま、迎えた五度目の煙草購入の折、栄三郎は鉄五郎が座る床几に並んで一服をつけた。

いい加減、こんな親爺と関わるのはご免であったが、田辺屋宗右衛門から、南町奉行との成り行きを聞かされては、栄三郎にも意地がある。

「旦那、あっしは何があったって煙管は作りませんよ」

初めて向こうから話しかけてきたのが、これであった。

「おれはただ、煙草を買いに来ているだけだ」

「こんな無愛想な親爺のいる店にですかい」

「父《とっ》つぁんが腕のいい煙管師だったたってことは聞いた。だが、もう作ってねえってことも聞いた」

「へえ、もう作っておりやせん」

「いい煙管師がやっている煙草屋なら、いい煙草が売っていると思って来てみたら、やはり旨い煙草だった。だから買いに来ているのよ。悪いか」

「いえ……」

喧嘩に持ち込んでやろうと挑発するように言ったが、鉄五郎はその手には乗らぬ。

「おい、そんな所に唾《つば》吐く奴があるかい、馬鹿野郎！」

と、通行の物売りに悪態をついて、いざとなれば、おれは怒るぞという気構えを見せる。

こうして煙管の話を持ち出せないまま、栄三郎の煙草屋通いは、残暑厳しき今日まで続いているのである。

二

「おや、栄三さん、どうしたんだい。ずいぶんと早いじゃないか」

居酒屋〝そめじ〟の暖簾《のれん》を潜《くぐ》ると、がらんとした店内で、お染は床几を拭き清めていた。

居酒屋が動き出すには、まだ早い時分であった。

「田辺屋に行っての帰りでな」

「あの〝女剣客〟がどうかしたかい」

「そんなんじゃあねえよ」

栄三郎とその剣友・松田新兵衛から、岸裏伝兵衛直伝の〝型〟を習ったことで、宗右衛門の娘・お咲の剣術熱も少し落ち着き、栄三郎は、連日の剣術指南から解放されていた。

「娘の次は親父の頼みでな。これがまた、厄介《やっかい》なことなんだよ」

「で、うちで気分を変えて一杯ってところかい」

「まあ、そんなところだ」

お染は、てきぱきと立ち働き、豆腐に刻み葱《ねぎ》とおろししょうがを添えたのと、川海老《えび》の塩焼きを盛った皿を、栄三郎が腰を掛けた床几に置いてくれた。

酒は伊丹《いたみ》の下《くだ》り酒。これを冷やで、薄く軽い小ぶりの有田《ありた》焼で飲む。

片口から酒を注《つ》ぐお染の少し大きな口許が、この時ばかりは〝おちょぼ口〟になるのがおもしろい。

「ああ、うまい……」

一気に飲み干すと気持ちも落ちついた。

「これくれえの時分に来ると、染次姐《そめじねえ》さん相手に一杯やれるってもんだ」

栄三郎は、お染に返杯をした。

「昔だったら高くついたよ」

「まったくだ」

「で、田辺屋の旦那の頼みってのは？」

「頑固親爺の首を縦に振らせることだ。それで煙草屋へな……」

「煙草で思い出した」

「話の腰を折るんじゃねえよ」

「さっきから一服つけたかったんだけど、煙草が切れちまってね。ちょいとおさき、莨《たばこ》を」

「そっくりやるよ」

　と、煙草入れをお染に渡した。

「煙草が溜《た》まって仕方がねえんでな」

「その話、一服つけたらゆっくり聞くよ」

　お染は、愛用の煙管を取り出して、火皿に刻み煙草を詰めると、朱塗りの煙草盆で火をつけた。

　白い煙越しに見ると、雁首に飾り込まれた銀の蝶《ちょう》が、霞《かすみ》の中をとぶように映った。

　今まで、さして気にも留めなかったお染の煙管が、こうして見るとなかなか上物に思えた。

「こうやって近くで見ると、きれいだなあ」

「きれいだなんて……。照れるじゃないか」

「お前のその煙管のことだよ」

「紛《まぎ》らわしいこと言うんじゃないよ！」

「お前は遠くから見たってきれいだよ」

「わかっていりゃあいいんだよ。この煙管は、芸者の頃に、鉄五郎って職人に作ってもらったのさ」

「何だと、鉄五郎……」

「どうかしたのかい」

「そいつだよ、おれが持て余している頑固親爺は」

さすがは深川辰巳の売れっ子芸者であっただけのことはある。押さえるところは押さえていると感心しつつ、栄三郎はお染に今までのいきさつを話した。

「そうなのかい。あの、鉄さんが、そんなに近い所にいて、煙草屋になっていたとは知らなかったよ」

宴席についたのは三度くらいしかなかったが、どういうわけだか気に入られて、

「おれの作った煙管だ。姐さんにやるよ」

と、二度目に呼ばれた時に貰《もら》ったのだと言う。

「この煙管はあげられないよ。すっかり口と手に馴染《なじ》んじまったからね」

「お前のをよこせとは言わねえよ。だが大したもんだな。おれは三月通いつめても、煙管の注文すら口にできねえのに、お前ときたら二度目で、ただ貰うなんてよう」

「最後に会ったのは、五年くらい前だったけど、そん時は栄三さんが言うほど気難しくはなかったような気がするんだけどねえ」

「そりゃあ辰巳に行ってまで、怒ったりはしねえだろ」

「ふッ、ふッ、そうだね」

「だが、あの親爺が辰巳の芸者に煙管をくれてやったとはなあ。そんなくだけた名残はまるでねえが……」

「いつも楽しそうだったよ。義《よし》さんて人と、御神酒《おみき》徳利《どつくり》でね」

「義さん……」

「確か……。義蔵《よしぞう》ていう羅宇師だったと。とにかくこの二人は、仲が良かったよ」

「そうかい……」

「いい腕してたのに、煙草屋に商売替えして引っ込んじまうなんて、もったいないねえ」

「又平があれこれ、聞き込んでくれたんだがな……」

頑固一徹で、気難しい職人である鉄五郎は、恐れられていたこともあり、近所の住人ともさほど付き合いもなかったので、その日常を知る人はほとんどいない。

ずいぶんと前に女房を亡くし、おしのという娘が、家の中のことを切り盛りしていた。

おしのは、母親に似たのか愛敬《あいきょう》のある娘で、鉄五郎に用がある時は皆、おしのに話をまず持っていくので、余計に鉄五郎の素顔を人知れぬものにしたとも言えよう。

その一人娘のおしのが、去年、羅宇師の下に嫁いだ。

詳しくはわからないが、鉄五郎はこの縁談に反対したが、おしのの意志は固かったようだ。

「頑固者の娘ってのは、親を見ているから、愛想のいい子が多いんだけど、根っ子は親に似て頑固なんだよ」

お染の見たとおり、おしのは鉄五郎の下から離れた。

頑固者で世間から浮き上がってしまっている父親に飼い殺されるのは、娘とて本意ではなかろう。周囲の者は皆、おしのの幸せを祈ったという。

そして、おしのがいなくなり、皮肉にも時を同じくして、鉄五郎製の煙管が、世の好事家《こうずか》たちの目に留まり、仕事の注文が飛躍的に増え始めたことが、鉄五郎の苛々《いらいら》を増大させた。

今まではおしのが注文を受け、それをうまい具合に鉄五郎に伝え、これを仕上げさせてきたが、直《じか》に話すと職人気質が前に出て、鉄五郎は四六時中、怒りっぱなしとなった。そして、娘も嫁に出したことだし、こんな面倒なことはご免だと、とうとう煙管師を廃業してしまった。

「周りの連中から聞いたところでは、概《おおむ》ねそんな様子だな」

「先行きに望みをなくして、どこまでも意固地になったってことかい」

「煙管を作るのをやめちまったのは、他に何か訳があるような気がするんだがなあ」

「わっちもそう思うね。その、おしのっていう娘をうまく使えば、道はひらかれるんじゃないのかい」

「だがな、使い道を誤ると今までの苦労が水の泡になっちまう。娘の話をしようものなら、大変なことになるって聞いたからな」

「娘は羅宇師に嫁いだって言ったね」

「ああ、義太郎《よしたろう》っていうらしい」

「義太郎……。それはおそらく、仲が良かった義蔵さんの倅《せがれ》だよ。そう言えば、倅と娘を一緒にさせて……。何てことを話していたような気がするよ」

「そうか……。それじゃあ、娘の縁談に反対したって言うのが解《げ》せねえな」

「きっと、その辺に何か事情があるんだよ」

「そうだな。そうに違えねえ」

「今度、鉄さんをここへ連れておいでよ。煙管のお礼にわっちがおごらせてもらうからさ」

「おれの分もか」

「そいつは別勘定だよ」

「やっぱりな……」

栄三郎は苦笑いで酒を一杯飲み干した。

お染と話すうち、頭が冴《さ》えてきた。

「やっぱり苦しい時のお染頼みだなあ」

「わかっていりゃあいいんだよ……」

お染は再び一服つけた。

栄三郎も煙管を取り出した。

日頃、煙管にこだわることのない栄三郎であったが、細くしなやかな指で、お染が操る蝶の煙管を目の当《ま》たりにすると、つい自分も一本欲しくなる。

南町の奉行ともなれば無理もなかろう。

根岸肥前守の気持ちがよくわかった。

――あの親爺に必ず煙管を作らせてやる。

これほどの逸品を作る男の腕を眠らせてはいけないと、栄三郎の魂に火がついた。


翌日。

栄三郎は、またも鈴木町に足を運んだ。

八ツ（午後二時頃）に手習いが終わり、それから出かけるのが常で、半刻の後に、鉄五郎の煙草屋の前の床几で、頑固親爺と並んで座り、プカリプカリと煙草を燻《くゆ》らすことになる。

日本橋南の大通りから、ふっと覗《のぞ》けば、床几に座る、いつもの鉄五郎の姿が見えた。

少し落ち着きなく、辺りを見廻《みまわ》している。

――親爺め、おれが来るのを待ってやがる。

その証拠に、栄三郎の姿を認めると、たちまちいつもの不敵な頑固親爺の様子となった。

床几に並んで座ったとて、別段、何を話すわけでもないが、

「父つぁん、お前どうして床几に座っているだけなのに、ねじり鉢巻してるんだ」

「理由《わけ》などねえや。ただ何とはなしに、落ち着くっていうか……」

「職人をしていた頃の癖ってやつか」

「さあね……」

これくらいの会話ができるようになった。

それだけの一時でも、鉄五郎には待ち遠しくなっているのかもしれない。

――いや、油断はならねえ。

何か喋り始めたかと思うと、すぐにブスッと押し黙るのが、この頑固者のわからぬところである。

「父つぁん、煙草を貰おうか」

いつもの言葉に、

「こちとら煙草を売るのが商売だが、あんまり吸うと体に毒ですぜ」

と、今日は新たな返事があった。

「毒だと思う物を売るんじゃねえよ」

そう返すと、ほんのわずかだが、いかつい顔に笑みが浮かんだ。

こんなに笑顔が似合わない男がこの世にいたかと、妙に感心しながら、栄三郎はいつものように床几に腰を下ろし、一服つけた。

幸先はよい。一歩踏み込む機会である。

「父つぁん、染次って言う、辰巳芸者を覚えているかい」

「染次……」

意外な言葉を投げかけられて、鉄五郎は一瞬、怪訝《けげん》な面持《おもも》ちになったが、やがて、

「ああ……」

と、思い当たった様子となった。

「今は、お染という名に戻って、京橋で居酒屋をやっているのだが、そこはおれの行きつけの店でな」

「そうですかい……」

「お染は今でも、父つぁんに貰った煙管を大事に使っているぜ」

煙管という言葉に、鉄五郎の眉がぴくりと動いた。

「おれは煙管なんて何だっていいほうだが、前々からお染の奴が使っている煙管が、あんまり吸いやすそうだから気になってな。話に聞きゃあ、父つぁんがくれたもんだって言うじゃねえか。噂に聞いたことはあるが、これほどとは思わなかった。お前さん、大した腕を持っているんだなあ」

「さあ、もうすっかり作り方も、忘れちめえましたがね」

鉄五郎は嬉しいのだか、怒っているのだかわからぬ表情を浮かべた。

「そんなことはあるまい。頭では忘れても腕のほうが覚えているはずだ」

「二本差の旦那にはわからねえよ」

「これはおれの親父《おやじ》の口癖だ。親父は大坂にいて、今でも野鍛冶をしながら暮らしている」

「旦那の親父さんが……」

栄三郎が職人の息子であることは、鉄五郎の頑《かたく》なな心の扉を少しこじ開けたようだ。

鉄五郎の表情から〝険〟が消えたように思えた。

「父つぁんは、おれの親父よりもまだ若い。あれほどの腕を持ちながら、煙管作りをやめちまうとは、どうかしているぜ」

ここぞと、栄三郎は言った。

「そんなことを言われていい気になって、煙管を作るようなあっしじゃあねえですよ」

相変わらず頑固ではあるが、口調は前より穏やかになった。

「そんなこと言うなよ。お染が使っている煙管を見たら、父つぁんの煙管を欲しがる連中の気持ちがわかった。おれにも一本作ってくれよ」

「お断りだね」

「できねえ訳があるんだろ。それだけでも聞かせてくれよ」

「言ったところでどうにもならねえや」

「そんなら本当のところは、父つぁんがもう、ろ、く、し、てできねえんだと思っておくぜ」

「もうろくだと、冗談じゃあねえや」

「父つぁんが訳を言わねえんだ。おれがどうとろうと勝手だろう」

「いい煙管を作るにはなあ、いい羅宇がなくっちゃあならねえんだよ」

「羅宇なら探せばあるだろう」

「ヘッ、これだから素人《しろうと》はいけねえや。おれが作る雁首と吸い口に合う羅宇は、そんじょそこいらにはねえんだよ！」

鉄五郎は怒って店の奥に引っ込んでしまった。

「羅宇か……」

鉄五郎を怒らせてしまったが、それによっていいことを聞き出せたと、栄三郎はニヤリと笑った。

ふっと吐き出す煙草の煙が、宙に大きな輪をかいた。

三

「又平、あれが義太郎か……」

こんにゃく島の盛り場を行く、枝豆売りの姿を遠目に見て、栄三郎が呟《つぶや》いた。

「へい、間違いありやせん」

「いってえどうなってやがんだ。鉄五郎は煙管師をやめちまって、義太郎も羅宇師をやめちまうとはよう」

あれから栄三郎は、又平に、鉄五郎の娘・おしのの嫁ぎ先を調べさせた。

すると、鉄五郎の親友・義蔵は三年前に、ぽっくりと死んでしまって、父親の跡を継いで羅宇師として腕を上げていた義太郎は、おしのと一緒になるや、それまで住んでいた江戸橋の南、福島町《ふくしま》の家を引き払い、霊岸島の長屋に移り住んだと言うではないか。

しかも、羅宇師は廃業し、昼は人足仕事、夕方になると、おしのが茹《ゆ》でた枝豆を、こんにゃく島の盛り場で売り歩いているという。

「あっしが方々の羅宇師から聞いたところによると、どうも下らねえ意地の張り合いから、互いに商売替えをしたようですねえ」

「あの鉄五郎と意地の張り合いをするとは、義太郎も見かけによらず相当な頑固者のようだな」

歳《とし》の頃は二十五、六。どちらかというと華奢《きやしや》で、おとなしそうな様子に見える義太郎であった。

舅《しゅうと》と婿《むこ》の間に何があったのか――。

鉄五郎が語らぬとなると、義太郎に聞くしかない。

こういうことは、当人同士にしかわからない事情やら、感情があるものだ。

「だが、いきなり身内の話を聞くわけにもいかねえな。何かこう、いい近づきとなる手立てはねえものか」

「ちゃあんとそれも見越して、ここに旦那を連れてきたんですよ」

「ほう……。どういうことだ」

こんにゃく島は、明和《めいわ》二年（一七六五）から三年にかけて八丁堀の東方、亀島川と大川の間に埋め立てられた土地で、地盤がしっかりとしていないことから、その名がついたという。

この辺りには岡場所があり、日が暮れると、酔客が行き来する。

それを目当てに、義太郎は枝豆を売り歩くのであるが、このところ《ところ》、そういった物売りから貸し売りを強要し、その〝附け《つけ》〟を踏み倒す、処《ところ》の暴れ者がいて、義太郎もかなり附けをためられているらしい。

「これが、こんにゃく三兄弟ていう馬鹿なんですがね」

「何だかしまらねえ奴らだなあ」

「それで昨日の晩、様子を見ていたら、この三兄弟に、いい加減代を払ってくれと、義太郎が言い立てましてね」

その時は、処の若い衆たちが大勢傍《そば》を通り過ぎたので、

「明日の暮れ六ツ（午後六時頃）に栄稲荷にいるから、そこまで取りに来な。きっちり払ってやるからよ」

と、こんにゃく三兄弟は、義太郎に約して立ち去ったらしいが、

「奴らの手口は、おれの拳固《げんこ》で払ってやるぜ……。なんてね。取りに行ったら痛い目に遭わされるのは目に見えてますぜ」

「そうか。そこをおれが助けてやって、附けを取り立ててやればいいんだな」

「そのとおりで。向こうも心を開くこと間違いありやせんぜ」

「新兵衛を連れて来ればよかったな」

「何を言ってるんです。こんにゃく三兄弟くれえ、旦那一人で事が足りるでしょう。さあ参りやすよ。こうやって面も持って来やしたから」

と、白般若《はんにゃ》の能面を、又平は懐から出した。

「今日は赤般若でいきたかったな」

「どっちだっていいでしょう……」

義太郎は亀島川の岸を北へ向かって歩き出した。広い通りを越えれば栄稲荷だ。

三兄弟の言葉を真に受けたか、勇気を奮って、支払いの催促をするつもりなのか。義太郎、なかなか芯《しん》がしっかりしているようである。


ほどなくして、栄稲荷の境内に義太郎の姿があった。

「おう、枝豆売りが来やがったぜ」

社《やしろ》の蔭からそれを窺《うかが》い見ていた者たちがいる。

勘太《かんた》、乙次《おとじ》、千三《せんぞう》——こんにゃく三兄弟である。

「ちぇッ、勘太兄貴の一人勝ちかよ……」

三人は、義太郎が来るかどうか賭けていたようだ。

三兄弟は一番上が三十歳の年子で、日本橋の魚河岸《がし》で魚屋の息子として生まれたが、子供の頃から素行が悪く、二親に死に別れて後はこんにゃく島に潜り込み、盛り場に寄生していた。

頭が足りない暴れ者だが、こういう輩を便利使いする者もいて、このところ調子に乗っているのだ。

「ちくしょう、頭に来るぜ、千三、ちょいと腹いせに叩《たた》きのめしてやるか」

乙次が、勘太に賭け金の銭を渡しながら、言った。

「よしきた……」

千三は、蔭から出て、義太郎の傍へと寄って、

「よお、枝豆屋、よく来たな」

「今日こそは附けを払っていただきますよ」

「それで呼んだんじゃねえか。銭は兄貴が持っている。こっちだ……」

と、千三は義太郎を裏手の人気《ひとけ》のない所に、連れ込んだ。

そこに、勘太、乙次が待ち構えていた。

「枝豆屋、お前、ここまで来るとはいい度胸をしているな」

「度胸……。あっしは、お代を頂戴しに来ただけで」

「それがいい度胸だってんだよ」

勘太は、乙次、千三に目配《くば》せをした。

「お代は拳固で払ってやるぜ」

その途端、義太郎は乙次の鉄拳を左頬に喰《く》らい、よろけたところを千三に蹴り

上げられた。

「な、何、しやがるんで……」

「おれたちから銭をとるだと？　思い上がった奴め！」

と、今度は勘太が義太郎の胸倉を摑《つか》んで、拳を振り上げた。

その勘太のこめかみに、俄《にわか》に石礫《いしつぶて》が飛んできた。——勘太は顔をしかめて、

「だ、誰でい！」

そこに、栄三郎扮する白般若が現れ、たちまち太刀の鐺《こじり》で乙次、千三を突き倒し、勘太の頭上すれすれに抜き身を振り下ろした。

「い、命ばかりはお助けを……」

へなへなと、勘太の腰がくだけた。

「ならぬ。お前らはこの辺りの物売りに、あれこれたかっているそうな。拳固で付けを払うというなら、この枝豆売りに替わって、釣りを刀で払ってやろう」

「勘弁してくだせえ。枝豆屋さん、今までのお代はお幾《いく》らかな」

途端にへらへらと義太郎に媚《こ》びる勘太。

その動きは、いかにもこんにゃく三兄弟の長兄に、似つかわしい。

「二百文……」

突然の白般若の登場に呆気《あっけ》にとられつつ、義太郎が答えた。

「つ、釣りはいりませんよ……」

勘太は義太郎に小粒を差し出した。

「それでよい」

栄三郎は刀を納めると、鐺を勘太の鳩尾《みぞおち》に埋め込ませた。

「参るぞ」

倒れている三兄弟を残し、栄三郎は義太郎を促《うなが》し、その場を離れた。

「あ、ありがとうございました……」

興奮して礼を言う義太郎に、

「いや、もう少し早く助けるつもりが、ちいっと面をつけるのに手間取ってな」

栄三郎は面を取ってみせた。

にこやかな栄三郎の表情に、義太郎はほっとして、

「わたしは義太郎と申します」

「白般若の正体は秋月栄三郎だ。ああいうふざけた奴らが大嫌いでな。ちょっと懲《こ》らしめてやったというところだ。お前の家は……」

「へい、一ノ橋を南へ少し入った所でございます」

「通り道だ。送って行こう」

義太郎の家は、富島町《とみしま》の裏長屋にあった。

わずかな道中の間に、京橋の南、水谷町で手習い師匠をしていることなどを聞いて、義太郎はすっかり、栄三郎の人となりに心惹《ひ》かれたようである。

「まあ、汚ねえ所でございますが、酒でも一杯飲んで行っておくんなさいまし。おう、おしの！　帰ったよ」

義太郎は家に着くや、栄三郎の背中を押すようにして、中へ誘った。

「あら、お客さんですか……」

女房のおしのの愛想の良い声が響いた。

なるほど、鉄五郎の娘とは思えぬ、愛らしさが漂っている。狭い屋内もほどよく片付いていて、この娘の存在がどれほど鉄五郎にとって大事だったか窺い知れた。

義太郎は、栄三郎に助けられたことを、おしのに勢いよく話しながら、部屋の内にせっせと栄三郎の席を作り、おしのはいちいちそれに感嘆の声をあげながら、甲斐甲斐《かいがい》しく酒の支度をした。

「まったく、先生が通りがかってくださらなきゃあ、ひでえ一日になるところでした」

なかなか気性のさっぱりした、いい男であると栄三郎は思った。

「いや、実はな、たまたま通りがかったのではなくて、本当のところは、お前のことを捜していたのだ」

「どういうことです……」

「鉄五郎のことで、聞きたいことがあるのだ」

賑《にぎ》やかな夫婦が、その一言で思わず黙って栄三郎を見た。

栄三郎は、根岸肥前守の名は伏せ、何としてでも鉄五郎に煙管を作らせたいと思って過ごしてきた、これまでの経緯を話した。

「まあそれで、少しは話ができるようになったのだが、羅宇がなきゃあ作れねえと言われて、お前さんが羅宇師をやめてしまったことと、こいつは関わり合いがあると思ってな」

それで、捜していたところ、こんにゃく三兄弟との一件に遭遇したのだと、栄三郎は言った。実のところは、この一件が起こりうるのを又平が見越してのことであったが――。

「そいつはどうも、ご足労をかけてしまいましたねえ……」

義太郎はペコリと頭を下げたが、その顔はやりきれなさに歪《ゆが》んでいるようである。

おしのは、そんな義太郎を心配そうに見ている。何か言いたげであるが、義太郎はこれでなかなか亭主関白のようで夫に遠慮をしている様子が垣間《かいま》見えた。

「煙管を作らねえのを、羅宇のせいにするなんて、子供より馬鹿げてらあ……」

義太郎は吐き捨てるように言った。

「これも何かの縁。先生に話を聞いていただいたらどうだい」

おしのは諭《さと》すように義太郎に言った。

「そうだな。まあ、先生、聞いておくんなさいまし……」

義太郎の亡父・義蔵と、鉄五郎は子供の頃からの親友で、お染が話していたとおり、どこへ行くのも一緒で御神酒徳利と呼ばれていた。

本来、煙管は、火皿、雁首、羅宇、吸口からなる〝羅宇煙管〟と、総身が金属でできた〝延べ煙管〟とがあって、羅宇煙管はそれぞれの部品は分業で作られていた。

昔から短気で喧嘩っ早い鉄五郎は、義蔵だけと仕事がしたくて、努力を重ね、雁首と吸口を一人で作る煙管師となった。

義蔵はそんな鉄五郎に最上の羅宇を提供できるようにと、羅宇作りに精を出したから、鉄五郎は人に知られる煙管師となれたのである。

その、義蔵がポックリと死んでしまい、父の跡を継いだ義太郎の羅宇を使うようになった鉄五郎であったが、それまで我が子のように可愛《かわい》がってきたのが一変、〝父親譲り〟と周囲からは評判の良い義太郎の羅宇を、

「竹輪をつけたほうがましだ」

と、ことごとくこき下ろすようになった。

幼い頃から、〝もう一人の父親〟と、鉄五郎のことを想って来た義太郎は、それを励ましと捉え、以前から想い合っていたおしのと、いよいよ一緒になりたいと鉄五郎に切り出したところ、

「ろくでもない羅宇しかできねえような奴が、女房を貰うだと……。しかも、言うにこと欠いて、おれの娘をくれだとは厚かましいにもほどがあるぜ」

鉄五郎は激しく怒鳴りつけた。おしのとのことは、親同士も納得ずくだと思っていた義太郎はこれには面喰らったが、一つの儀式と解釈して鉄五郎の機嫌を取り結んだ。

「お父つぁんだって、そのつもりだったじゃないの」

と、おしのも宥《なだ》めたが、鉄五郎はいったん曲がると収まらない。羅宇師の面汚《つら》しだとか、泥棒猫だとか罵《ののし》られ、義太郎もついに我慢がならず、

「そんなにおれの羅宇が気に入らねえなら、今後一切作らねえや！」

石にかじりついたって、おしのを幸せにして見せると、啖呵《たんか》を切って席を蹴立てた。

「お父つぁん、あんまりじゃないか！」

頑固者の娘に生まれ、人に言えぬ苦労はしてきたが、惚《ほ》れた男を思わぬ形で詰《なじ》られて、おしのは涙ながらに訴えた。

「やかましいやい。あんな野郎と親の目を盗んで乳繰《ちちく》り合いやがって、おれが気に入らねえなら、手前も出て行きやがれ！」

この言葉に、ついにおしのも堪忍袋の緒が切れた。

「この因業《いんごう》親父、お前の娘なんか、こっちから願い下げだ！」

怒ると鉄五郎にひけをとらぬおしのである。義太郎との恋を貫いて、家を出たのであった。

「そいつは大変だったたな。笑い事じゃあねえだろうが、鉄五郎の父つぁんの様子が目に浮かぶようだ」

話をひと通り聞いて、栄三郎はくだけた口調で小さく笑った。

「身内の恥をさらしちまいましたねえ……」

義太郎が溜息《ためいき》をついた。

「いや、よくぞ話してくれたな。つまるところ、鉄五郎はお前さんが羅宇を作らぬようになったゆえ、煙管作りをやめたのだな」

「違いますよ。わたしの親父が死んで、鉄五郎の親父の意に適《かな》う羅宇は、もうどこにもなくなっちまったってことですよ」

「そんなことはないわ」

おしのが言った。

「あんただったら、義蔵おじさんに負けない物を作れるはずよ。だからお父つぁんは……」

「もう、その話はよせ。おれは二度と羅宇は作らねえと心に決めたんだ。昼も夜も働いて、お前と二人、何か商売でも始めようと、今はそのことで頭がいっぺえだ」

「その気持ちは嬉しいけれど……」

「なら何にも言うな。おれにだって意地があらあ」

「そりゃあそうだな。おれがお前でも、同じことを考えるだろう」

「そう思ってくださいますかい」

栄三郎は、あれこれ言わず、ここは義太郎に同意してやり、その心を摑んでおこうとした。義太郎は勇気づけられたようで、ますます栄三郎に心を開いた。

「だが、お前が作らずとも、誰か鉄五郎の父つぁんが気に入る羅宇を作る男はいねえものかねえ。鉄五郎の煙管を手に入れてえって人は山ほどいるってえのに、何とももったいねえや」

「そりゃあ、まあ……」

「今さらうちのお父つぁんが、いくら出来がいいからって、新しい人と付き合おうとはしませんよ」

口ごもる義太郎の横で、おしのが言った。

「はッ、はッ、そいつは違えねえや。それじゃあ、白般若は鬼ケ島に帰るとしよう。あのこんにゃく島は物騒だ。枝豆を売るなら京橋の南辺りまで足を延ばせばよい。栄三の知り合いだと言やあ、買ってくれる者も少なくないはずだ」

「ご親切にどうも……。へい、先生のお姿を捜しに参ります」

義太郎は神妙に頷いた。

栄三郎は、もう少しゆっくりと一杯やっていってほしいという夫婦の誘いを辞して、その日は帰って仕切り直すことにした。

長屋を出ると、おしのが追いかけてきて、

「商売物ですが……」

と、枝豆を紙に包んだものを栄三郎に渡した。

「おう、これはありがたい。酒のつまみにいただこう……」

「お父つぁんがいろいろとご迷惑を……」

「いや、鉄五郎の事情を考えずに、煙管を作らせようとしているのはこっちだ」

「どうか諦めないでくださいまし」

おしのは低めた声に力を込めた。

「本当のところ、お父つぁんは、うちの人が作った羅宇で煙管を作りたいのです」

「おれもそう思うな。日頃の気難しさが前へ出て、素直に義太郎が作った羅宇を誉《ほ》められねえ。そのうち引っ込みがつかねえことになったんだろう」

ここは、年の若い義太郎が折れて、もう一度自分が作った羅宇を見てもらいたいと、頭を下げれば、万事うまく収まるはずだ。鉄五郎も心の底でそれを待っていると、栄三郎は見た。

「わたしもそう思うのです」

「だが、あの様子じゃ、お前の亭主は死んでも手前から頭を下げねえだろうな」

「わたしが何とかしてその気にさせてみます。あの人も本心では羅宇師に戻りたいのです」

「よし、そんならこの先、おれとお前で策を立て、頑固者二人を仲直りさせてやるか」

「はい……」

おしのの顔がたちまち綻《ほころ》んだ。

「お前も大変だな」

「なんの大変なものですか。名代の煙管師と羅宇師を父と夫に持つ幸せに恵まれたのでございます。苦労など当たり前のこと……」

おしのは爽《さわ》やかに笑うと走り去った。

――いい女房だ。

栄三郎は枝豆を口に運びながら、軽やかに駆けるおしのの後姿を見送った。

百人力の味方を得たようだと思った時、口の中に茹で豆の濃厚な味が広がった。

四

それから、栄三郎はおしのと連絡《つなぎ》を取り合い、あれこれと策を練《ね》った。

まだいっこうに涼しくなる気配が見えぬ江戸の町中を、その都度、又平が遣いに走った。

栄三郎と話してから、義太郎は羅宇師への未練を、口には出さないが以前よりはっきり、素振りに見せるようになったという。

機は少しずつ熟し始めた。

——あとは、もうひとつ、鉄五郎の気持ちをほぐすいい機会はないか。

羅宇のことで鉄五郎を怒らせてから、栄三郎は鈴木町に煙草を買いに行っていない。鉄五郎もそのことを気にかけているとは思うが、何かきっかけが欲しかった。

いつもの手習いが終わって、子供たちが帰った後の、手習い道場のがらんとした板間の上に寝そべってあれこれ考えていると、偵察に出ていた又平が息をはずませて駆け込んできた。

「旦那、朗報ですぜ。鉄五郎の親爺が風邪《かぜ》で寝込んじまいました」

「人の病を朗報という奴があるか」

「なに、あの親爺が風邪くれえでくたばることはありませんや」

「この暑い時分に風邪をひくとは、鉄五郎め、どこまでもひねくれてやがるな」

「まったくで」

「だが、これで出かけるいいきっかけになったぜ。よし、今度はおれの出番だな」

「この話、おしのさんには?」

「耳に入れておいてくれ」

又平はニヤリと笑うと、また、出かけて行った。

——頑固親爺も、一人暮らしで病になりゃあ、人のありがたみがわかるってもんだ。

出かけてみると、煙草屋の戸は閉ざされ、いつもの床几に鉄五郎の姿はなかった。

栄三郎は構わず戸を開けて中へ入った。

「父つぁん、おれだ、栄三だよ」

「栄三……。何だ、旦那かい……」

二間続きの向こうの部屋から、こちらを覗き込む鉄五郎の顔が見えた。布団を敷いて寝ていたようだが、暑くなったり震えがきたりで、掛布団をかけたり蹴ったりの繰り返しであったのだろう。栄三郎が入った時、掛布団は部屋の端でくしゃくしゃになっていた。

「今日は店を閉めていてね……」

「見りゃあわかるさ。寝込んでいると聞いて、くたばってねえかと覗いてみたのよ」

「そいつはお生憎《あいにく》だ」

「いや、死なれたら困るってことさ」

「煙管が手に入らねえからかい」

「父つぁんの憎まれ口が聞けなくなると寂しいからな」

ずけずけと物を言いながら、栄三郎は勝手に上がり込んで、掛布団を拾い上げると、上体を起こした鉄五郎の足下に掛けてやった。

「何か困ったことはねえか」

「いや、風邪ったって、大したことはねえ。構うことはねえや」

「そうかい」

「だが……。ありがとうよ」

「父つぁんが、ありがとうと言ったぜ。こりゃあ、やっぱり重い病かもしれねえな」

「ちぇッ、あんたも口が減らねえな」

不精髭《ぶしょうひげ》に覆われた鉄五郎の顔が綻んだ。表情にも精気が戻ったようだ。

こうして話していると、栄三郎はこの気難しい親爺と、取次の仕事抜きで長い間付き合ってきたような想いがしてきた。

「この前、父つぁんの娘夫婦に会ったぜ」

「おしのと義太郎に……」

怒り出すかと思えば、鉄五郎は少し神妙な面持ちで、黙って窓を開けて風を入れると、遠い空を見上げた。

「父つぁんが、いい羅宇がなきゃあ煙管は作れねえっていうから、腕のいい羅宇師を捜したら行きついたんだ」

「だが、奴は羅宇を作るのはやめていた……無駄足だったたな」

「ああ。父つぁん、喧嘩したんだってな」

「半人前のくせしやがって、おれの娘と出来上がってやがったんだ。頭にくるさ」

「義太郎はなかなかいい腕をしていたって聞いたぜ」

「奴の父親に比べりゃあ、ひよっこもいいとこだ」

「いつか娘と一緒にさせようと思っていたんだろう」

「ああ、思っていた」

「子供同士も惚れ合っていた。それでいいじゃねえか」

「おれが話を持ち出す前にできてやがったんだ。そいつは順番が違う」

「親としちゃあそうかもしれねえが、我が子のように想っていた男が婿になるんだ。その辺は大目に見てやれよ」

「娘をかどわかされて黙っていられるかい」

「手前で出て行けって言ったんだろう」

「おれの〝出て行け〟は挨拶代わりだよ」

「この頑固者が」

思わず栄三郎は笑ってしまった。ここまで己を前に出す男がいるとは壮快である。

「父つぁんはともかく、義太郎はまだ若い。羅宇師をやめちまうのはもったいねえだろ」

「おれがやめろと言ったわけじゃねえ」

「やめろと言ったのと同じだよ」

「そんなら、おれがもう一度羅宇を作ってくれと頼まねえといけねえのかい」

「お前の娘の話では、義太郎は、羅宇作りにも、鉄五郎って親父にも未練があるようだとよ」

「知るもんかい」

「義太郎のほうから頭を下げてきたらどうする」

「そんなことがあるはずがねえ」

「おしのは、父つぁんと義太郎が仲直りをして、前の暮らしに戻ることを願っている。恋女房の願いを義太郎は無にはしめえ」

「まあ……、それは野郎が頭を下げてきた時のことだ」

強がってはいるが、明らかに、おしのと義太郎を懐かしむ表情が、鉄五郎の病に窶《やつ》れた顔に浮かんで見えた。

「御神酒徳利と言われた友達の忘れ形見だろ。このまま死んじゃあ後生《ごしょう》にさわるぜ」

「どうでも、おれを殺しやがる……」

「子供の頃、義太郎は可愛かったんだろうな」

「そりゃあよう……」

　あれこれ喋るうち、気持ちがほぐれたようだ。鉄五郎は懐かしさに目を細めた。

「小っせえ頃は娘っ子みてえでよう。回らぬ舌で、〝鉄おとっさん〟なんておれのことを呼んで、いつかおいらの作った羅宇で煙管をこしらえてくれるかい……なんてな……」

「作るって約束したんだろ」

「そいつは……忘れたよ」

「約束したくせによ……」

「それが偉そうな口を利くようになりやがって……」

　目頭が熱くなったのか、鉄五郎は栄三郎から顔をそむけた。

　――よし！　今日はここまでだ。

鉄五郎の頑なな心の扉が、音をたてて開いたように思えた。

「具合が悪いってえのに、長話しちまったな」

「いや、旦那が訪ねてくれて、ずいぶんと気が晴れやしたよ」

「そいつはよかった。何か食う物を届けさせようか」

「粥《かゆ》くれえ手前で炊けますさあ」

「よし、明日また来らァ。父つぁん、達者でな」

と、立ち上がった栄三郎を鉄五郎は呼び止めて、

「南町のお奉行ですかい……。おれに煙管を作らせるように頼んだのは」

「いや、おれは奉行と顔を合わせたこともない。ちょいと義理絡みでな。お蔭で江戸一の頑固者と会えたってもんだ」

栄三郎は高らかに笑うと、鉄五郎の家を出た。

足取りも軽く、道場へ戻ると、しばらくして、こちらもうきうきした様子のおしのが、やって来た。

聞けば、ついに義太郎の説得に成功したという。

「うちの人のほうから、お父つぁんに頭を下げると、約束してくれました」

栄三郎が訪ねたあの夜を境に、おしのの言葉に耳を傾けるようになった義太郎

であった。

そして、今日は又平に鉄五郎が床に臥《ふ》せたと聞いて、ちょうど近くで川浚《さら》えの人足仕事に出かけていた義太郎にこれを伝えたところ、

「あの丈夫な親父さんが……。あれでおれたちのことを気に病んでいたに違いない。ここは若いおれが折れるしかねえな……」

そう、しみじみと言ったそうだ。

やはり、〝老い〟とか〝病〟というものは、人を感傷に浸《ひた》らせるようである。

栄三郎とおしのは、鉄五郎と義太郎が涙のひとつ浮かべ合って、煙管師と羅宇師に戻る感動的な場を頭に思い描いて、互いの苦労を賛《たた》え合った。

鉄五郎の頑固がすぐに収まるとは思えぬが、とにかく離れ離れの家族も元の仲に戻り、その祝儀に、栄三郎の手には鉄五郎製の煙管が入ることになるであろう。

ちょうど明日は手習いが休みである。

「善は急げだ。明朝、父つぁんの家を訪ねよう」

「そうですね。お父つぁんの体が少しでも弱っているほうが……」

おしのもなかなかとぼけている。

翌朝──。

おしの、義太郎夫婦は、身形《みなり》も整え、見舞いに玉子を携えて、鈴木町の鉄五郎の家を訪ねた。

栄三郎は、又平を従え、そっと後から行って様子を窺い、和解となるや偶然を装いこれを訪ね、どさくさに紛れて、鉄五郎に煙管を作る約束をさせる……。

その後は病のことだ。ここへ料理を取り寄せ、祝いといこう──その料理はお染にすでに頼んである。

この日も店を休むつもりなのであろう、煙草屋の出入りの戸は閉ざされていた。

「あんた。お父つぁんは体が弱っているんだ。くれぐれも、短気をおこしちゃあいけないよ」

「わかっているよ。おれは、素直になって、話をするよ」

戸の前で、おしのの戒《いまし》めに、義太郎は大きく頷いて、戸の隙間から中を覗いた。

家の中では、鉄五郎が床を出て、奥の部屋で布団をたたんでいた。

煙管作りという本職から離れ、独り暮らす、老境に入った鉄五郎からは、えも言われぬ哀愁が漂っているように、義太郎の目には映った。

「親父さん……」

少し見ない間に老け込んだような気もして、威勢のいい男であっただけに、義太郎の胸を熱くした。

義太郎のそんな姿を、路地の蔭からそっと見守る栄三郎は、ちらりとおしのと目で合図を交わし、

「又平、お染にそろそろ料理をこしらえ始めるように言わねえといけねえな」

と、傍の又平に囁《ささや》いた。

義太郎はぐっと息を吸い込むと、ガラッと戸を開け、おしのを従え土間に入って框《かまち》の前に立った。

「親父さん！」

二人の突然の訪問に、鉄五郎は驚いて、

「お、お前ら、どうして……」

と、その場に立ちつくした。

「親父さんが寝込んじまったって聞いて、居ても立ってもいられずに、とんで来たんだ」

「誰から聞いたんでえ」

「誰からって、おしのはしょっちゅう、親父さんの様子を窺いに来ているんだ。誰に聞かなくったってわかるさ」

「おしの、お前……」

涙目で頷くおしのを、鉄五郎はじっと見た。

「親父さん、あん時ゃあ、売り言葉に買い言葉、引っ込みがつかなくて、おらァ羅宇作りをやめちまったが、親父さんまで煙管を作らなくなったと聞いて、ずっと心に引っかかっていたんだ。親父さん、おれが、親父さんが気に入る羅宇を作ってみせる。だから、もう一度、煙管を作ってくだせえ……」

義太郎は、一気に言い立てると、ちょっと頭を下げて鉄五郎を見つめた。

鉄五郎はそれをぐっと見つめ返す。

「あんた……」

よくぞ言ったと、おしのは夫と父親を代わる代わるに見て涙を流した。

「何だかこう、胸が熱くなりますねえ……」

そっと覗き見る栄三郎の横で又平が呟いた。

「お染に料理の仕度を、な」

栄三郎は晴れ晴れとして、それに応えた。

鉄五郎はゆっくりと框の前に立っているおしのと義太郎に歩み寄り、やっとのことで口を開いた――。

「義太郎……。誰がお前に羅宇を作ってくれと頼んだ！」

「えッ……？」

その思わぬ返事に呆然《ぼうぜん》と固まったのは、義太郎だけではない。おしの、栄三郎、又平、それぞれ目を丸くした。

「あの、お父つぁん……」

「おしの、勝手に家をとび出しやがったくせに、おれの様子を窺いに来ているだと、大きなお世話だ。おう、義太郎、おれのために羅宇を作るってえのならよしにしろい。お前の羅宇なんて、かまどの焚付《たきつ》けにもなりゃしねえ」

「な、なんだって……」

「ほら、怒りやがった。ちょいと言われりゃあすぐに怒って、男一生の仕事をやめやがる」

「あんただって同じじゃねえか」

「おれは一生分の煙管はもう作ったんだよ。お前なんかと一緒にするねえ。お前は枝豆売って歩くのがお似合いだ」

「ちくしょう、こんな所に来るんじゃなかった」

「ヘッ、だから頼んだ覚えはねえや。のこのこやって来やがって」

「あんたが死にそうだっておしのが言うから来てやったんだよ」

「何だと……。おしの！　これはいってえどういうことだ……」

「いや、私はその……」

実は、不治の病にかかったと言って義太郎を連れてきたおしのであった。

「おしの！　お前の親父はこのとおり、ぴんぴんしてやがるじゃねえか」

「勝手に殺されてたまるかい！」

「今度はくたばったのを見届けてから報せやがれ！」

義太郎は素直に頭を下げただけに怒りが収まらず、ついにその場から走り去った。

「あんた……。お父つぁん、いい加減におしよ！」

一人残されたおしのは、鉄五郎を睨みつけると、情けなさそうに表へ出て、義太郎の姿を目で追った。

「あんな馬鹿野郎とは別れちまえ！」

鉄五郎はおしのを怒鳴りつけると、出入りの戸をガシャンと閉めた。

「又平、お染に料理はいらなくなったって伝えてくんな」

栄三郎はがっくりとして、又平に告げるとおしのの後を追った――。

五

居酒屋〝そめじ〟に、お染の笑い声が響き渡った。

「鉄さんは、とんでもない頑固者だねえ……」

栄三郎は、見事に目論見《もくろみ》をひっくり返され、同じく呆然自失たるおしのを連れて、店へやって来た。

先に又平から話を聞いたお染は、栄三郎の姿を見るなり吹き出してしまったのだ。

「その頑固者の娘を連れて来たんだよ」

栄三郎は、おしのを見た。

「あら、そいつはご無礼致しましたね」

お染は指の先で口を押さえて見せた。

「いえ……。私もたいがい頭にきました。鉄五郎も義太郎も、とどのつまり、己の意地は通しても、私の想いは何も知ろうとしない。それがよくわかりましたよ」

おしのはここへ来て、父親にも夫にもやりきれない想いが募《つの》り、実は男二人よりはるかに激しい、その気性を抑えかねていた。

「あたしがおしのさんだったら、もうそりゃあ暴れているね」

「おいおい、煽《あお》るんじゃねえよ」

又平が宥《なだ》めた。

「親父さんも、ご亭主も、どうしても素直になれねえだけで、悪気はねえのさ」

「何だい又公、わかったようなことを言うんじゃないよ」

と、お染が口をとがらせた。

「いや、又平の言うとおりだよ。父つぁん、〝お前には枝豆売りがお似合いだ〟なんて言ってたが、枝豆売っているのをどうして知っているんだ」

「そりゃあ、確かに……」

おしのが頷いた。

「父つぁんだって娘夫婦が気になっているんだよ」

「気になっているなら、かわいい娘のため、苦労をかけている女房のために、どうして手打ちといかないんだよ。二人とも、一度ぎゃふんと言わせてやりゃあいいんだよ」

お染の言葉に、おしのは大きく頷いた。

「お染さんの言うように、あのろくでなし二人をぎゃふんと言わせてやりたい……」

「まあ、おしのさん、一杯おやりな」

唇を嚙《か》むおしのに、お染は冷やで一杯出してやった。

「おしのさんまで怒っちまったよ……。旦那、こんな店に連れてきちゃあいけませんぜ」

「又公！　こんな店ってどんな店だい！」

嘆《なげ》く又平に、お染が吠《ほ》える――。

おしのは一杯飲んで意気が上がる。

「二人とも、私がいなくなればどうなるか。見てみたいもんだ……」

手詰まりに消沈する栄三郎に、ある考えが閃《ひらめ》いた。

「そうだ、いい手があるぜ。頑固者二人をギャフンと言わせて、素直にさせる手がよう。ただし、これはおしのさん、お前に一《ひと》芝居うってもらわねえといけねえんだが……」

「こうなりゃあ私も自棄《やけ》ですよう、一芝居でも二芝居でもうとうじゃありませんか……」

おしのは、ぽんッと胸を叩いた。

三日後――。

おしのと義太郎が暮らす長屋に、大身の侍と、その若党の姿があった。

二人は、栄三郎とおしのと何やら打合わせている。

「大二郎《だいじろう》、なかなか様になっているぜ。さすがは大和《やまと》十津川《とつがわ》の名士の倅だな」

「いい加減に河村文弥《かわむらふみや》と呼んでくださいよ」

大身の侍が栄三郎に言った。

細身で色白、なかなかの美男であるこの侍は、奥山《おくやま》の宮地《みやち》芝居〝大松《だいまつ》〟の役者・河村文弥こと、岩石《いわいし》大二郎である。

十津川郷士・岩石勘兵衛《かんべえ》の次男で、栄三郎、松田新兵衛と共に、気楽流・岸裏伝兵衛の門人として剣術修行をしていたのが、芝居好きが高じて、役者に転身してしまった男である。

〝父と息子〟の件で、父・勘兵衛の江戸出府により、栄三郎を巻き込み大騒ぎとなった後は、勘兵衛の〝愛ある勘当〟を受け、ひたすら芸道に精進していた。

栄三郎が大二郎にこのような恰好をさせ、ここへ呼んだのは、義太郎、鉄五郎相手に一芝居打つためである。

かつての弟弟子は、栄三郎の頼みを快諾し、若党役に、若手の役者〝八弥《はちや》〟を連れて来た。

「いいか、お前は身分ある侍で、江戸逗留中に、義太郎の羅宇の評判を聞いて、これを求めにやって来たと言うんだ」

「そうすると、義太郎は他をあたってくれと、にべもなく断るでしょう」

おしのが続けた。

「そこで、夫婦喧嘩が始まり、私が文弥さんに無礼を働きます」

「そうすると、お前さん（八弥）の出番だ」

八弥はここぞと頷いて、

「いやァ！　ここな無礼者めが、主を辱《はずかし》められたこのうえは、その首取らいで、いやァ、おくべきか……」

と、見得《みえ》を切って目と鼻をむいた。

栄三郎、顔をしかめ、

「大二郎、こいつの芝居、くせえよ」

「すみません、まだ八弥は台詞《せりふ》をもらったことがありませんで」

「他に言い回しはねえのか」

「言い方はあっても、八弥はすぐに台詞を覚えられないので、このままのほうが良いかと……」

「他に誰かいなかったのかよ」

「無礼者！……だけにしておきましょうか」

八弥がもじもじとして言った。

「そうしておこう。とにかく、無礼討ちにされるとなっちゃあ、父つぁんも娘の命乞いに駆けつけるだろう。そこで勝負だ」

「任せてください。私もあれから少しは、芝居の腕を上げましたからね」

大二郎はかなり楽しそうである。

それからさらに、あれこれ打合わせているうち、その日も暮れてきた。

偵察の又平が駆け込んできた。

「義太郎さんが帰って来ますぜ……」

「よし！　おれたちは裏の植込みの蔭から見ているから、おしのさん、しっかりとな」

栄三郎と又平は慌しく、長屋の裏手に回った。

「何でえ、お客さんかい……」

やがて帰ってきた義太郎は、供連れの武士の姿を見てたじろいだ。

「あんたに話があると、わざわざ出向いてくださったんだよ」

おしのは素気なく言った。

あれから夫婦の会話はぎくしゃくしている。

自分のほうから頭を下げたのにあれは何だと、義太郎はおしのにあたりちらし、それが父親の度が過ぎた頑固が素だけに、おしのは腹立たしくはあるが沈黙するしかなかった。

だが、女房の無言は、亭主にとっては何故《なぜ》か怖いもので、どうも居心地が悪い。来客は気分を変えるよいきっかけになるが、それが親しみやすい栄三郎ではなくて、いかめしい武士であるとはどうも面倒だ。

「そちが義太郎か……」

大二郎が言った。

「へい、わたしに何かご用で……」

義太郎は框の所で畏《かしこ》まった。

「身共《みども》は大和十津川に住まい致す、岩石壮太郎《そうたろう》と申す者じゃ」

壮太郎は、十津川郷士の兄の名である。

「このたび、所用あって出府致せしが、身共は大の煙管好きでな、近頃では真似《まね》事にて雁首と吸口をこの手で作るようになってのう。ついてはよい羅宇を数本求めたいと心当たりを探したところ、義太郎、そちの名を聞き及び、かく訪ねて参った次第じゃ」

「さようでございますか……。おしの、どうしてまずお話を伺って、お断りしなかったんだ」

「わざわざお越しいただいたのに、私なんぞがお断りするなど、おこがましくてできないよ」

「断る……。羅宇は作れぬとな」

「申し訳ありません。わたしはその……」

「話はこれへ参るまでに人の噂に概《おおむ》ね聞き及んでおる。女房の父親と喧嘩口論となり、それより後、作らぬようになったと。だがあまりに馬鹿げた話じゃ」

「そりゃあ、お侍さんから見れば、馬鹿げた話かはしりませんが」

「誰が見たって馬鹿げた話だよ」

口ごもる義太郎に、横からおしのが冷ややかに言った。

「作ってくれたら、こっちも毎日枝豆茹でなくて済むんだ」

「何だと……。おしの、もう一遍言ってみろ！」

これには義太郎、客の前も忘れて怒った。

「お前、黙っておれについてくると……」

「言ったよ。でもねえ、羅宇に未練がありながら、意地を張って強がるあんたを見るのはうんざりなんだよ！」

「羅宇に未練なんてねえや！」

「ならどうしてこんな物、隠し持ってんだい」

おしのは押し入れの奥から、細い竹の束を取り出して見せた。切り揃《そろ》え、湯に通し、表面の硬い皮を削《けず》り落とした羅宇の材料である。

「て、手前、何しやがる……」

「いらないなら、こんな物、捨てちまいな！」

おしのはそれを投げつけた。何本もの竹が辺りにとび散り、うろたえる義太郎の隙をついて、さも竹が当たったように左手で額を押さえた大二郎、そっと血糊《ちのり》をつけた。

「無礼者！　無礼者！　無礼者！」

唯一覚えた台詞を、ここぞと八弥が連呼する。それに義太郎はうろたえて、

「え……、今のが当たりましたかい」

「うむ……。こりゃ、男の生き面に……」

まさかという義太郎に、大二郎は額の血糊を芝居がかって見せつける。

「無礼者！　無礼者！」

八弥は叫び続ける。

「下手な芝居だな……」

裏手の植込みの蔭で、栄三郎が嘆息《たんそく》した。

それでも義太郎を騙《だま》すには充分のようで、

「こ、これは、申し訳ございません！」

義太郎はおしのと並んで平伏した。

「武士が眉間を割られ、ただ戻っては身の面目が立たぬ。女、手討ちにしてくれ

るわ！」

「このとおり……。何とぞ、お許しを」

義太郎は床に額をこすりつけ、許しを請う。

「黙れ！　了見ならぬわ……」

刀の柄《つか》に大二郎は手をかける。

「申し訳ござりませぬ。このうえはひと思いに私を……」

「これ、おしの……」

「観念致すと申すか」

「私はこれまで、腕の良い煙管師の娘であること、先行きに望みある羅宇師の妻であることを誉と思い、どんな苦労も厭《いと》いませんでしたが、父と夫がいがみ合い、共に仕事をやめてしまった今、生きている望みもございません。いっそお手討ちになったほうが幸せです」

その言葉に大二郎は大仰に唸《うな》って見せて、

「何やら仔細がある由《よし》、女を斬るのは意にそわぬ。話を聞こう」

と、座り直した。

「まことにございますか」

義太郎がほっと一息ついた。

「お前の女房が何やら健気《けなげ》ゆえ申したまで……」

大二郎は、かねて打合わせのとおり、そもそもおしのが竹を投げるに及んだ原因を作った、鉄五郎と義太郎を含め話を聞こう。そのうえで、納得がいけば了見してこのまま帰るが、納得いかねば三人とも容赦はしないと言いたてて、

「女房は預かった。まず、その父親とやらをこれへ連れてこい！」

と、脅しつけた。さらに八弥が――。

「無礼者！　無礼者！」

「わ、わかりました。すぐに親父をこれへ……。おしの、待っていてくんな」

「案ずるな、身共も武士、それまでは指一本触れるものではない。すぐに行け！」

義太郎は「はッ」と畏まり、転がるように外へととび出した。

「ああ、いい気味だ……」

おしのは高らかに笑うと、裏の窓を開けた。

そこに、栄三郎と又平の顔があった。

「どうです、秋月さん、私の役者ぶりは」

大二郎が誇らしげに言った。

「まあ、くせえ芝居だったがよしとしよう」

「私はどうでしたか……」

と、横から八弥が言った。

「どうって……。無礼者の数がちょっと多いな」

「工夫してみます……」

真顔で答える八弥を見て、又平が吹き出した。

「今度は父つぁんの番だな。おしのさん引き続き頼むぜ」

「はい、先生、しっかりと泡を吹かせてやりますよ」

大したものだ――おしのの姿が誰よりもしっかりとして見えた。まだ二十歳を過ぎたくらいの若女房が――。女というものは胆《きも》がすわっている。

「お染に会わせたのがいけなかったかな……」

栄三郎は苦笑した。

そして、一刻も経《た》たぬうちに――。

大二郎の前に、息をハァハァはずませた、鉄五郎と義太郎が平伏する様子が見られた。

煙草屋に走った義太郎は、おしのの危機を伝えると、有無を言わさず鉄五郎を引っ張ってきた。鉄五郎も、義太郎のただならぬ様子に、憎まれ口を言う間もなく、互いに転び合い、助け合いながらここまで来た。

二人は、ここまでの道中にすべてを察した。

男二人、意地を張り合うことができたのも、ひとえにおしのという存在があったから……。おしのという〝鎹《かすがい》〟がある限り、二人の絆《きずな》が消えてなくなることはない。それに甘えていただけであることを。

まさか、そのおしのが命の危険にさらされることになろうとは……。

「いきさつは道中、義太郎から聞きました。おしのが竹を投げつけたのも、元をただせばあっしのせい。お願いでございます。斬るならどうかこの老いぼれを……」

「いや、親父さん。そいつはいけねえ。おれがあの時、何を言われたって、それを励みに羅宇を作りゃあよかったんだ。お侍様、どうかおしのの替わりにこのわたしを……」

「うるせえ！　義太郎、手前は引っ込んでいろ」

「お父つぁん……。あんた……」

おしのの目に涙が浮かんだ。やはり、父も夫も、自分のためなら命を投げ出してくれるではないか……。その嬉しさに、そして、それほどの絆を持つこの三人が、どうして気持ちを一つに暮らしていけないのかという口惜《くや》しさに、おしのは涙するのであった。

泣き虫男の大二郎――この姿に思わず鼻をすするのを、八弥がそっと袖を引いた。

「おしのを想う両名の言いよう、まことに殊勝……。頑固者ではあるが、これほどに情を持ち合わせている鉄五郎が、なぜ、刎頸《ふんけい》の交わりを結びし友の倅、義太郎に、かくも辛《つら》く当たって参ったか。それが腑《ふ》に落ちぬ」

我《われ》に返って、大二郎は厳しく問うた。

「それは……。その……」

「申してみよ！」

「へい……」

鉄五郎は、声を絞り出した。

「義太郎の父親の義蔵が、日頃あっしにこう言っていたのでございます。鉄、お前とおれは、小せえ頃から肉親の情に恵まれず、いつも腹減らして、泥水飲んで、いつか見ていやがれと、二人手を取り合って大きくなった、兄弟以上の間柄だ。だからお前に今から頼んでおくぜ。おれが先に死んだら、くれぐれも義太郎をおれの倅だからと、甘やかしてくれるな。おれが言うのもなんだが、義太郎は羅宇を作らせたら、この辺りじゃ右に出る者のねえ腕になりやがった。だが奴はすぐに調子にのる癖《くせ》がある。若いうちに調子にのれば身を滅ぼすのがおちだ。義太郎が三十を過ぎるまでは、誉めずにただ叱ってやってくれ。お前の頑固は奴も承知だ。お前に怒られたって自棄《やけ》もおこすめえ。鉄、約束したぜ……」

「親父さん……！」

涙ぐみ、声が震える鉄五郎の横で、義太郎が男泣きに泣いた。

「すまねえ……。許しておくんなさい。おれは、本当に思い上がっておりました。だから羅宇をけなされ自棄になって……」

「いや、おれが辛く当たりすぎたんだ。義蔵との約束を果たそうという想いが先に出て、気がつきゃァ、ひでえことばかりを言っていた。おまけにこの頑固だ。お前がこのまま羅宇を作らなくなりゃあ、どうしようと思いながらも、この前のあのざまだ……」

「そんなら親父さんは、おれが羅宇を作らねえから煙管を……」

「おれの煙管の羅宇は義蔵が死んだ後は、お前の物しか使わねえと心に決めていたからよう。だから義太郎、いくら義蔵の頼みでも、お前の羅宇をけなすのは辛かったぜ……」

こみ上げる想いに言葉が出ずに、涙ばかりを流す、義太郎とおしのであった。

「わァッ……」

と、替わりに泣き声をあげたのは大二郎――その袖を八弥が再び引いた。

「あの馬鹿、手前が泣いてどうするんだ」

外で栄三郎が呟いた――。

「鉄五郎、そちと義蔵が交わせし約束。胸にしみたぞ……。このうえは元の暮しに戻るがよい。戻ると申すなら、身共は黙って帰るとしよう」

大二郎は、涙を押《お》し殺し立ち上がった。

「では、お侍様、おしののことは……」

「それは初めから許すことになって……」

八弥が袖を引いた。

「うォッほん……！　義太郎の羅宇を求めに参ったが、身共の真似事には過ぎたる物のようじゃ。鉄五郎、そちの煙管を求める者のためにこそ使うがよい。頑固の虫をおこし、注文はくれぐれも断るなよ」

「へへェーッ！」

鉄五郎は平伏した。

「親子ともども、仲良う暮らせ。さらばじゃ！」

大二郎は八弥を連れて立ち去った。

見送る頑固者の三人は、少し決まり悪そうに顔を見合うと、やがて愉快な笑い声をあげた。

その頃、栄三郎と又平は、すでに帰りの道を辿《たど》っていた。

「旦那、考えてみりゃあ、あの三人、こんな手の込んだことしなくたって、そのうち元の鞘《さや》に納まったんじゃねえですかねえ」

「それじゃあ、取次の仕事にならねえよ」

「そりゃあそうですね。ヘッ、ヘッ、それにしても旦那はいいですねえ」

「何がだ」

「早えこと死んじまっても子を托《たく》せる友達がいる……」

「新兵衛のことか。ははは、おれに子供ができたとしても、あいつには托さねえよ。厳しすぎて子供があまりにかわいそうだ」

笑い合いつつ、今頃おしのは、してやったりとほくそ笑んでいるか、ちょっとやり過ぎたと内心悔やんでいるかと、思いをはせる二人であった。

いずれにせよ、ほのぼのとさせられる夜となった。

京橋川をまたぐ中ノ橋の袂《たもと》まで行くと、そこに、大二郎と八弥の姿があった。

下手な芝居にはらはらさせられたが、今宵は〝そめじ〟でたっぷりと飲ませてやらねばなるまい。

六

「いや、秋月先生、御奉行様は大喜び。私の顔も立ちました」

蟬の声も鳴りをひそめた頃。

田辺屋の奥座敷では、ふくよかな顔に満面の笑みを浮かべた宗右衛門が、栄三郎をもてなしていた。

まだ日の暮れには少し間があるが、二人は鱸《すずき》の塩焼きで一杯やっている。

おしのが、大二郎と八弥を脇役に、大芝居を打った翌日。

何くわぬ顔で鉄五郎の家を訪ねた栄三郎に、

「もう煙草屋はやめたよ……」

と、頑固親爺はニヤリと笑った。

「旦那があんまりうるさく言うんで、仕方がねえ、久しぶりに煙管を作ってみようかと……」

「そうかい、そいつはありがてえな」

「言っておきますがね。あっしは御奉行のために作るんじゃねえ。旦那が気に入ったから作るのさ」

「ああ、わかったよ」

「ちょいと手間がかかりやすが、待っていておくんなせえよ」

「それもわかったよ」

そんな具合に話がまとまり、栄三郎はやっとのことで〝そめじ〟に鉄五郎を連れて行くことができた。

後はもう訳もない――。

栄三郎とお染と〝そめじ〟で飲めば、心を開かぬ者はない。

昔話に花が咲き、お染と思い出す義蔵のこと。今もお染の指に躍る、自作の煙管との懐かしい対面……。鉄五郎は栄三郎の仲間となった。

「煙管が出来上がるのが楽しみですよ」

栄三郎は、肩の荷が降りたと宗右衛門に頬笑んだ。

「いや、出来上がるまでは油断できませんな」

宗右衛門が栄三郎に酒を注ぎながら笑った。

「煙管の代金は別として、取次のお礼を致さねばなりませんな」

「いや、お咲殿の束脩《そくしゅう》にといただいたのがまだ残っていますから、又平と、河村文弥、八弥に少しばかりやってくだされば……」

「ではこちらで勝手にお支払いのほうは決めさせていただきましょう。これは譲れませぬぞ。私も頑固ですからな」

「これは参った……」

頭を掻《か》く栄三郎の姿を、中庭を挿《はさ》んだ向こうの部屋からそっと見ていたお咲が、頃やよしと新しい酒を運んできた。

我が剣の師を独り占めされては困りますよという笑みを浮かべて、宗右衛門と栄三郎の間に割って入る。

その時、ふっと栄三郎の脳裏にある者の顔が浮かんだ。

「そうだ、今度のことで、ちょっとばかり役に立った奴らがいたのを忘れておりましたよ……」

ゆっくりと陽はかげり始めた。そろそろ奴らが動き始める頃であった。


夜になって、こんにゃく島の北方すぐにある〝栄稲荷〟に奴らはいた。

「このところ、まったくついてねえや……」

「兄貴、いっそ処《ところ》の親分の身内にしてもらおうか」

「おれは嫌だぜ。この前、抜き身を目の前に突きつけられて、おれは本当に恐かった。白刃を潜って生きる度胸は、おれにはねえ……」

威勢がいいのか、悪いのか、社《やしろ》の裏で間抜け面《づら》をつき合わせて煙管を使っているのは、勘太、乙次、千三――こんにゃく三兄弟である。

「この先は真っ当に働くがよい……」

突然、三人の前に面を被った侍が現れた。

「白般若、参上」

「ひえーッ」

三兄弟の足がすくんだ。

「日本橋呉服町に〝田辺屋〟という呉服店がある。ここを訪ね、白般若の名を出せば、何か仕事をくれよう」

「ほ、本当ですかい」

「この折を逃せば、お前たちは町のごみとしてそのうち掃除されよう。ごみと捨てられるか、働いて人に喜ばれるか、自《おの》ずと答は知れている。明朝行くがよいな！」

「へ、へへェーッ」

「行け！」

三兄弟は慌てふためき走り去った。

白般若の面を取った栄三郎の顔に、夜風が心地良く吹いた。

江戸の暑さもすっかりと和らいだ。

「人ってえのは、ほんにおもしろい……」

栄三郎は涼やかな表情を浮かべ、また、夜道を歩き出した。後には仄《ほの》かに漂う煙草の煙だけが残った。

第四話

軽業《かるわざ》

一

八月十五夜の月は、江戸の町に淡い光を投げかけていた。

深川富岡八幡宮は祭礼に賑《にぎ》わい、境内《けいだい》には神楽囃子《かぐらばやし》が鳴り響いている。

その音色にのせて催《もよお》される手踊りに浮かれ、人の波は飽くことを知らず練り歩く。

群衆の中には、秋月栄三郎と又平の姿もあった。

昨日は、日本橋呉服町に店を構える、田辺屋の主・宗右衛門が催す、〝待宵の宴《うたげ》〟に、剣友・松田新兵衛、居酒屋〝そめじ〟の女将《おかみ》お染と共に招かれ、大いに楽しんだ二人であった。

それゆえ今宵《こよい》は、手習い道場の表に床几《しょうぎ》でも出してのんびりと夜風に当たり月見をしようと栄三郎は思っていた。

人混みの中を歩くのは、どうも苦手である。

それに、江戸へ来てからもう二十年にもなるというのに、いまだに大坂から出てきた〝他所者《よそ》〟意識が心にちらつき、江戸の祭になかなか馴染《なじ》めない。と言うより、祭に出向くことによって郷愁に胸をしめつけられるのが嫌なのかもしれない。

そんな栄三郎を、又平は半ば強引に深川へ引っ張ってきた。付き合ってほしい店があるというのだ。

「〝ひょうたん〟とかいう店かい」

「へえ、まあ、その……」

瞬時に言い当てられて、又平は細い目を糸のようにして、照れ笑いを浮かべたものだ。

このところ、又平は富岡八幡宮の別当寺である、永代寺《えいたいじ》の門前町にある〝ひょうたん〟というそば屋に足繁《あししげ》く通っている。

そば屋といっても、他に煮物や魚なども食べられて、表には小ぶりの燈台《とうだい》などが置いてある、なかなか趣《おもむき》のある店だ。

小鉢で軽く一杯やって、締めにそばを食べる――そんな客で賑わっているのだが、又平の目当ては酒でもそばでもない。それを運んでくれる、およしという女中である。

歳《とし》は二十歳《はたち》になるやならず。ふっくらとした顔立ちで、目尻が少したれ下がったところが何とも愛らしい。

取次屋の手間が入って、深川でちょっと遊んだ帰り、小腹が空《す》いたのでこの店に入って以来、はきはきとしていつも笑顔を絶やさないおよしを、又平はすっかり気に入ってしまった。

すると先日、店が終わり、帰りを急ぐおよしが酔っ払いに絡《から》まれているところに遭遇した又平。見事にこれを栄三郎仕込みの武芸にて追い払い、二人の間は急速に近づいたというわけだ。

およしは〝ひょうたん〟の主人の遠縁にあたり、近くの長屋に母親と二人で暮らしているらしい。

又平は、京橋の南、水谷町で手習い師匠を務める、秋月栄三郎という剣客にお仕えする者だと、およしに己《おの》が身上をその時に話したという。

「つまり又平、お前はその話が嘘《うそ》じゃあねえってことを、およしに伝えたいのだな」

「旦那には敵《かな》わねえや」

「まったく面倒だなあ……」

溜息《ためいき》をつきつつ、そこは門人であり、取次屋の〝大番頭〟である又平のことだ。

　栄三郎は、髪をなでつけ、袴《はかま》を着し、両刀を帯し、付き合ってやったのである。

　今、富岡八幡宮を行く二人は、〝ひょうたん〟で一杯やった帰りで、又平は酒の酔いも手伝って上機嫌なのだ。

「いやあ旦那、楽しいですねえ……」

「そりゃあ、お前は楽しいだろうよ」

　今宵は店が忙しく、八幡さまの祭礼どころではないおよしを気遣い、主《あるじ》を連れて立ち寄ってくれた又平に、およしはますます心を惹《ひ》かれたようだ。

「あら、又平さん……」

　と、その姿を見るなり頬《ほお》を染めた。

　うっとりとして心を躍らせる又平の傍《そば》で、酒に酔って、お運びの姉さんの尻のひとつもはたいてみたい気持ちを抑え、栄三郎は人品卑《いや》しからぬ手習い師匠を演じてやらなければならなかったのだ。

「そんなこと言わずに旦那、たまには一緒に参りやしょうよ。なかなかいい店でしょう、〝ひょうたん〟風情《ふぜい》があって……。お染の店なんかより、よっぽどいいや」

「お前はお染と仲が悪いからだよ」

「女だったら、およしは勘弁してもらって、ほらもう一人、おしげってえのがいたでしょう。あれ、どうです。旦那に色目を使っておりやしたぜ」

「おしげだと？　ああ、あの、子供が、盥《たらい》の底に墨でお多福の顔を描いた……。みてえな女か」

「はッ、はッ、はッ、旦那、うめえこと言うぜ……。愛敬《あいきよう》があっていいじゃああリませんか」

「勘弁しろよ……」

そんな工合に、とるに足らない話をしながら、月明かりの下、栄三郎と又平は富岡八幡宮の境内を抜け一ノ鳥居を過ぎ、永代橋へ向かっていたのだが、正源《しようげん》寺《じ》を過ぎたくらいで、それまでひたすら上機嫌ではしゃいでいた又平がふっと足を止めた。

「あれ……」

「どうかしたかい」

「いえ、昔馴染みにそっくりな野郎を見かけましてね」

「今宵は祭だ。この辺りで見かけたっておかしくはねえだろ」

「へい、そいつはそうなんですがね……」

その男は、通りから裏長屋に続く、傍の露地木戸から出て来たという。

「駒吉《こまきち》は、ここに住んでいるなんて言ってなかったのにな……」

「駒吉っていうのか、その昔馴染みは」

「へい……」

「〝ひょうたん〟の帰りに〝駒が出た〟か。こいつはおもしれえ。おう、駒吉ってのはどいつだ」

「それが……。人混みに紛れて、見えなくなっちまいました……」

「捜してみるか」

「いや、人違いかもしれやせん。今度会った時に尋ねてみます。さあ、参りやしょう」

又平は栄三郎に頬笑《ほほえ》んで、また歩き出したが、その駒吉のことが、どうも気にかかる様子が栄三郎には見てとれた。

「昔馴染みと言ったが、いつの頃の話だ」

月夜の帰り道である。

道中ぶらぶらと、又平の昔話を聞くのも一興と、栄三郎は問いかけた。

「へい。あっしが軽業《かるわざ》の一座にいる頃からの知り合いでございます」

「ていうと、子供の頃からの付き合いか、そいつは大事な友達じゃねえか」

又平の表情がほのぼのとして、明るくなった。

又平は、物心がつく頃には、浅草奥山の見世物小屋で客に軽業を見せていた。

一座の親方は仁兵衛《にへえ》という男で、玉川小菊《たまがわこぎく》という軽業女太夫を代々の看板として興行を続けていた。

仁兵衛は心優しき男で、捨て子を拾ってきては一座で育て、軽業に向かない者は他の仕事に就けるよう尽力してやった。

又平も仁兵衛に拾われた一人である。

だが、仁兵衛は決してお前は捨て子であったとは言わず、子供の頃は、

「朝、気がついたら、お天道さまがお前を小屋に置いてくださっていたんだ」

と、言い聞かされたものだ。

駒吉は、又平が拾われた翌年に仁兵衛が拾って来た子供で、又平とは兄弟のように育ち、二人とも軽業芸人としての筋が良く、難しい綱渡り、籠抜けの芸なども難なくこなし、やんやの喝采《かっさい》を浴びるまでになった。

ところが二人の親とも言える仁兵衛は、四代目玉川小菊が十八の若さで病死してしまった心痛から体を壊し、六十歳で後を追うように死んでしまった。又平十三歳、駒吉十二歳の折であった。

又平、駒吉を引き取りたいという軽業一座もあったが、病床にあって、仁兵衛は二人が堅気《かたぎ》の道を歩んでくれることを望み、又平、駒吉とて仁兵衛の他に親方はなく、又平は植木職に、駒吉は瓦職に、その身の軽さを買われて小僧に入ることになった。

それを見届けて、仁兵衛は、

「くれぐれも、生きる道を踏み外すなよ……」

と、二人に言い遺《のこ》し、息を引きとった。

その言葉を胸に、それぞれ立派な職人になろうと日々努めた二人であった。

だが、又平は、他の職人たちから、軽業芸人であったことを揶揄《やゆ》されて、

「おい、綱を張ってやるから、ここを渡ってみろよ」

と、慰《なぐさ》みに芸をやらされ、それを断ると、梯子《はしご》に上っているところを、ひっくり返されたりして苛《いじ》められ、何度も悔し涙に枕を濡《ぬ》らした。

ある日、ついに我慢の緒が切れて、大木の枝に登っていた兄弟子を、持ち前の

軽業で木の上をとび回りつつ地上に蹴り落として、植木職の親方の許《もと》をとび出した。

それからは、軽業一座にいた頃の縁を頼り、奥山の盛り場でうろうろしているうちに渡り中間《ちゆうげん》の口を世話してくれる者があり、今に至るのであるが――。

「あっしが奥山でうろついているのを知って、渡り中間の話を持ってきてくれたのは、その駒吉だったたんでさあ……」

迂闊《うかつ》に訪ねては迷惑がかかるやもしれない。それに、共に頑張ろうと誓い合ったというのに、五年ももたずにとび出してしまった自分を見せたくはないと、しばらく駒吉と会っていなかった又平であったが、聞けば駒吉もとっくに瓦職の親方の許をとび出していたという。

あれこれと語りはしなかったが、駒吉も、又平と同じような目に遭ったのであろう。

子供の頃から寝食も苦労も共にしてきた二人である。そこは以心伝心で通ずる。

「それから、あっしと駒吉は一緒に住みながら、渡り中間をして暮らしやした」

二人共に雇われることもあれば、別々に雇われることもあった。

渡り中間は、奉公先が嫌な所であってもまたすぐに他所へ行けるので、その気楽さから、又平も駒吉もそれから何年もの間、この仕事を続けることになる。

「だが奉公にも慣れちまうと、つい余計なことに手を出すようになりましてねえ」

「こっちだな……」

栄三郎は、賽《さい》を振る真似《まね》をして見せた。

「そういうことで……」

大名、旗本の広大な屋敷の中にある中間部屋は、町方役人の目の届かぬ所であり、ここが賭場と化すことはよくあることだ。

生まれた時から、盛り場の見世物小屋で暮らした又平と駒吉は、博奕《ばくち》に興じる男たちの姿を当たり前のように見てきた。

自然と出入りするようになる。

深入りするなと言う、子供の頃の仁兵衛からの戒《いまし》めも、大人になれば勝手に忘れ、

「駒吉は博奕の貸し借りでのっぴきならねえことになって、どこかへ消えちまったんでさあ」

その後、同じことで処《ところ》の若い衆ともめているところを、又平は栄三郎に助けてもらい、その出合いによって、手習い道場に身を寄せることになるわけだが、駒吉の場合は穴をあけてしまった額が半端なものではなかったらしい。

だが、兄弟のように育った駒吉が、自分に何も言わずに消えてしまったことに、又平は憤《いきどお》りを覚えた。

「あんな奴《やつ》、どうにでもなっちめえ……」

そんな想いが、駒吉を捜す気も萎《な》えさせた。

己一人暮らすのも大変なのだ。駒吉が消えて三年——その存在はほろ苦い思い出となりつつあった、そんな時。

「今戸《いまど》橋でばったりと会ったんでごぜえやす」

少し前のこと。浅草奥山のさらに北、浅茅《あさじ》ケ原《はら》が見渡せる所にある、仁兵衛親方の墓を参っての帰り道であった。

「駒吉、手前、何してやがったんだ」

と、怒る又平に、

「いや、すまねえ。お前に伝えりゃあ、あれこれ迷惑がかかると思ってよ。それに、お前もねぐらを替えたようで、会うにも会えなかったんだ……」

と、大きな目を瞬《またた》かせて謝る駒吉に偽りはないようだ。

「あれからほとぼりも冷めて、間に入ってくれる人がいてよう」

「そいつはよかった……」

又平は、とにかく昔馴染みの駒吉の無事と再会を喜び、あれからの自分のいきさつを話した。

「そうかい、お前もよかったな……」

又平の今の暮らしを聞いて、駒吉も喜んだ。

「それで、駒、お前、今は何をして暮らしているんだい」

「ああ、それがな……」

駒吉は少し言い淀《よど》んだ後、

「今は屋根葺《ふ》きをして暮らしているんだ。引き立ててくれる人もいて、うまくいっているんだ」

「お前は偉えなあ。よく職人に戻れたな」

「がきの頃、身に覚えた軽業のお蔭《かげ》よ。屋根の上を歩かせたら、おれは誰にもひけはとらねえ」

「親方も喜んでくれているさ」

墓を参ってきたところだという又平の言葉に、駒吉は神妙に頷《うなず》いた。

そして、今は深川十万坪の北、小名木川《おなぎ》の向こうに位置する猿江町《さるえ》に住んでいる。このところあれこれ忙しく、落ち着いたら必ず会いに行くと、駒吉は又平に伝え、二人は別れたのであった。

話を聞いて、栄三郎は喜んだ。

「そいつは、あの世の親方が、今でも墓を参ってくれるお前のことを想って、引き合わせてくれたんだろうよ」

「へい、あっしもそう思っておりやす」

「だが、さっき見かけたって男が駒吉なら、声をかけてやらなくてよかったんだぜ」

「え……？」

「猿江町に住んでいる駒吉が、あの長屋から出てきたってことは、駒吉にもお前みてえに、いいのができて、会いに来ていたのかもしれねえや」

「旦那の言うとおりだ。そうあって欲しいもんでさあ。あいつが幸せに暮らしていると思うと、こっちもほっとするってえか、その……」

「わかるぜ、お前の気持ちは」

「まあ、旦那と新兵衛先生ほどのもんじゃあありませんが」

又平は苦笑した。

「お前は、孤児なんかじゃねえよ。仁兵衛という親がいて、駒吉っていう兄弟がいる。血の繋《つな》がった親兄弟がいたって、心も通わず、付き合いもねえ、なんて奴らはごまんといるぜ。又平、お前は幸せだな」

「へい。まったくで。何よりも、旦那とこうして出会えやした……」

ほろりとして、後の言葉が出ない又平であった。自分の幸せを祈ってくれる人はここにいる――。

気がつくと、月明かりに二人の住処《すみか》〝手習い道場〟が見えてきた。

二

「駒吉さんは、このところ家に帰ってないようですよ」

井戸端で長屋の女房は人の良さそうな顔を向けた。

「そうですかい……。あれこれ忙しいなんて言っていたからどうかとは思ったが、ちょいと近くを通りかかったもんで……。そうですかい、留守にしておりやすかい」

　女房が水を汲《く》むのを手伝ってやりながら、又平が言った。

「屋根葺きの職人てものは、ずいぶんと景気がいいんだなと、うちの亭主は羨《うらや》ましがっていますよ」

「駒吉はあれで、なかなか腕がいいようで重宝がられているんでしょう」

「駒吉さんとは同じ仕事を……」

「ああ、いや、あっしは駒吉の昔馴染みでしてね、この前、久し振りに会ったんですが、ゆっくり話すことができなかったもんで」

「いつも忙しそうにしているから。ここへ越して来て一年になるというのに、長屋の皆は、あまり駒吉さんと話したことがないんですよ。でも、お前さんのような昔馴染みがいたとはねえ、何やらほっとさせられるような……」

「奴は気のいい男でごぜえやすから、まあ、仲良くしてやっておくんなさい。時分時におやかましゅうござんしたね」

　又平は女房に愛想の良い、彼独特の笑顔を残し、その場を去った。

　日暮れの長屋のそこかしこから、炊《かし》ぎの煙が立っている。

　子供の頃、駒吉と二人憧れた、何でもない裏長屋の日常の風景が、又平の心の内を少し切なくしたが、同時に胸のわだかまりが爽やかに晴れていくのを覚えた。

「まったく、おれは何を考えていたのか……」

昨日——十五夜に深川を訪れた帰り道。

又平は、栄三郎にあれこれと、駒吉との思い出を語ったが、先日の再会以来、胸の奥でくすぶっていた昔馴染みへの一抹《いちまつ》の不安は、口に出さずにいた。

今戸橋で再会した折、駒吉が又平に向けた、親しみと情愛は、昔と変わってはいなかったが、何か釈然としない、よそよそしさが漂っているように思えたのだ。

屋根葺きの職人に戻ったと言ったが、それにしては着ている物も、長屋暮らしに似合わぬ仕立のよい織物であったし、眼つきにも凄《すご》みが加わっているような気がした。

ろくに話もできないまま別れたこともあって、もしや駒吉は、又平に言えぬ暮らしをしているのではないだろうか。

そんな想いがくすぶっていたのである。

さらに、思わぬ所で見かけた駒吉らしき人影——。栄三郎が言うように、誰か

〝いいの〟ができて、逢《あ》いに行っているならよいが、猿江町の長屋に住んでいるというのがその場しのぎの嘘であったら、駒吉はもう自分に会うつもりなどないことになる……。

わだかまりは、すぐにでも晴らしておきたかった。

「よう色男、今日も〝ひょうたん〟かい」

などと栄三郎に冷やかされつつ、

「ほんの野暮《やぼ》用でございますよ……」

そう言って出て来た又平であった。

それが、猿江町の長屋を訪ねてみれば、確かに駒吉はそこに住んでいて、屋根葺き職人として忙しく暮らしているという。

――取り越し苦労もいいとこだ。

又平は、右手に侍屋敷が建ち並ぶ、小名木川北岸の道を足早に進み、新高橋《しんたかばし》を南へ渡り、木場を抜けた。

そこまで行けばもう深川辰巳の盛り場である。灯を入れたばかりの店の行灯《あんどん》が、又平の左右から迫って来る。

およしのいる〝ひょうたん〟は、もうすぐそこにある。

——昨日の今日、店に行くのも恥ずかしいや。

又平は店を前にして、今日はよそうと、そっと店の中を覗《のぞ》き込んだ。

——およしの姿を一目見りゃあ、それでいいってもんだ。

およしは今日も笑顔を絶やさず立ち働いていた。その様子を出入りの紺暖簾《のれん》の隙間から窺《うかが》い見ることができる。

だが、すぐにその隙間は無情にも、一人の女の立ち姿によって塞《ふさ》がれてしまった。

栄三郎が、〝盥の底に墨でお多福の顔を描いた……〟と表現した、おしげである。

——ほんに旦那の言うとおりだ。

見れば見るほど、その丸い顔には味わいがあり、又平は所はばからず、ケラケラと笑って〝ひょうたん〟を通り過ぎた。

今宵は無性に、栄三郎と一杯やりながら、〝ばかッ話〟をしたくなった。

そうして足取りも軽く、いつもの帰り道を急ぐ又平の目に、向こうの路地へと入る若い男の姿が映った。

「駒吉……」

遠月にはっきりとしなかったが、又平には確かにそう見えた。

やはり昨夜見かけた男は駒吉であったのか――。果たしてその路地は、昨夜のと同じ裏長屋へ通じる露地木戸のある所であった。

誰か女のもとへ通っているなら野暮になると思ったが、二日続けて見てしまうとやはり気になる。

気がつけば又平は、駒吉らしき男の後を追って、露地木戸へと走り、裏長屋の路地へと足を踏み入れていた。

ちょうど一番向こうの端の一軒から出て来て、木戸の方へと歩いて来た若い女と鉢合わせする恰好《かっこう》となった。

「誰か訪ねておいでですか」

女は又平を長屋に見かけない者だと見てとって、にこやかに問うた。

化粧気のない顔は、素朴で清楚《せいそ》な美しさに充《み》ちていた。

「ああ、いや、こいつは驚かしちまいました」

又平は辺りを見渡したが、奥へと七軒並ぶ長屋の家々はどれも戸が閉ざされていて、すでに駒吉らしき男の姿はなかった。

「今、ここに、あっしと同じくれえの年恰好の男が入って来ませんでしたかい。

そいつはあっしの昔馴染みでしてねえ」

「政吉《まさきち》さんのことですか」

「政吉……？　あっしと背恰好も同じで目が大きい……」

「それなら、やっぱり政吉さんです」

長屋の女は、又平の善良そうな人柄を見てとったのか、怪しむことなく教えてくれた。

数日前に、政吉という男はこの長屋に越して来たらしい。何でも、日本橋富沢《とみざわ》町で小体な古着屋をしているのだが、店を改装する間の仮住居だと言う。

話を聞くに、駒吉の特徴とよく似ている。

「そうでしたか……。こいつはあっしのとんだ人違いでございました」

それで合点がいった。ここに駒吉の〝いい女〟がいるわけではない。よく似た男が住んでいたのだ。

駒吉のことで、二軒の長屋を訪ねるなんて、

――俺ァ、よくよく暇《ひま》らしい。

政吉の顔をすぐ傍で見てみたい気がしたが、まさかこんな下らないことで見ず知らずの人を訪ねるわけにもいかない。

恥ずかしさが先立ち、そそくさと帰ろうとすると、女の子供なのであろう、五つ、六つの男児が、奥の家から出て駆けてきた。

「父ちゃん、帰ったのかい……」

「坊や、お出迎えとはお利口だな。生憎《あいにく》ここにいるのは、そそっかしいおじさんだ……」

又平は、子供の頭を一撫《な》ですると、あっしはこれでと踵《きびす》を返した。

木戸で長屋の住人と覚《おぼ》しき男とすれ違った。

天秤棒で大きな荷物を担っているのを見ると、何か食い物の辻《つじ》売りでもしているのだろう。又平を見るとにこやかに会釈した。

正直そうな、いい男である。

「おみつ、太郎吉《たろきち》、戻ったよ……」

又平の背後で男の声がした。

長屋の女はおみつ、あの子供は太郎吉というらしい。

「父ちゃん、おかえり！」

ふっと振り返ると、親子三人が睦《むつ》まじく、奥の一軒に入るところであった。

太郎吉は健気《けなげ》にも、父親の商売道具を中へ入れるのを手伝っていた。

頬笑ましい様子に目を細め、又平は帰りの道についた。

——駒吉、お前も早くあんなふうになれよ。

そうすれば、物わかりのいい小父《おじ》さんとなって、三日にあげず駒吉の子供の頭を撫でに行くのに……。

「あんな奴、どうにでもなっちめえ……」

つい先日まで、そんなふうに想っていた駒吉に、又平はそんな夢まで托《たく》している。

栄三郎に引っついて暮らす毎日が楽しくて仕方のない今だからこそ、人にお節介をやくことができるのだ。

悔し涙にくれた植木職の頃を思い、又平は幸せをかみしめるのであった。

又平が、永代橋を渡った頃——。

件《くだん》の仲睦まじい親子三人は、温かい夕餉《ゆうげ》の最中であった。

鰯《いわし》を焼いたのに、茄子《なす》の味噌《みそ》汁。亭主は女房がつけた一合ばかりの酒をなめるように飲み、仕事先で見聞きしたことを話す。幼い子供は口一杯に飯を頬張り、母親の方を見ながら無邪気な声をあげて、何度もその話の腰を折る。女房は笑いつつそれを窘《たしな》め、口許についたご飯つぶをとってやる――。

亭主の名は粂八《くめはち》と言う。

洲崎の浜の西方にある平野橋の袂《たもと》で、田楽《でんがく》豆腐の辻売りをしている、正直で気性のさっぱりとした男である。

「今日は何だか疲れちまったよ……」

夕餉が済むと粂八は、おみつを見て小さく笑った。

「すぐに床《とこ》を敷きましょう」

腹が減って仕方がなかったので、ひと風呂浴びてくる前に夕餉をとった粂八であるが、心地良い酔いがそれを億劫《おっくう》にさせたか、湯に絞った手拭いで体の汗を拭うと、すぐに床に就いてしまった。

おみつ、太郎吉もこれに倣《なら》い、親子三人の一日はこうして終わった。

部屋の灯は消され、暗がりの中で眠りに落ちる親子――。

「ちッ、今日はこれきりか……」

三人の頭上で、幽《かす》かな呟《つぶや》きが洩《も》れたのを親子は知る由もない。

その声は長屋の天井裏に発した。

七軒がつながる長屋の屋根裏をはしる大きな梁《はり》――この上を身軽に、音もなく走り、天井の節穴から下を覗き込む黒い影があった。

黒い影は、親子の団欒《だんらん》の一部始終を窺っていたのである。

——ちえッ、しけてやがる。

こんな貧乏たらしくて、侘《わび》しい暮らしが幸せというなら、まったく馬鹿げている。

黒い影の大きくて、ぎょろりと剝《む》き出した目がそう語っていた。

やがてこの曲者は、梁の上を移動して、一番木戸寄りの一軒の天井裏から、下へストンと降りた。

そこは、件の〝政吉〟が仮住居としている部屋であった——。

三

「何かわかったかい」

「それが、まだ何も……」

「手がかりになるようなことは何も話さねえのか」

「へい、一言も……。奴はくだらねえ田楽豆腐売りですぜ。大それたことなどできそうにも思えませんがねえ」

「お前は黙って見張っていりゃあいいんだ」

「へ、へい……」

「出過ぎたことを言うんじゃねえや」

「申し訳ありません」

「この仕事に飽きたかい」

「とんでもねえ……。元締、あっしに任せておくんなさい」

「そうかい、おれはお前のことを買っているんだ。頼んだぜ、駒吉……」

永代橋の北、佐賀《さが》町の船宿〝うしお〟――。

その奥座敷に駒吉の姿があった。

駒吉の前には、この屋の主・権三《ごんぞう》がいて、がっちりと引き締まった体躯《たいく》から、えも言われぬ威勢を放っていた。

そのはずである――権三は、深川一帯を仕切る顔役で、〝うしお一家〟と呼ばれる香具師《やし》の元締なのだ。

「時には、こいつでうさを晴らしな……」

権三は、ひょいと駒吉の前に二両ばかし放ってやった。

「こいつはありがとうございます……」

駒吉はその金を押し戴《いただ》くと座敷を出た。

又平の不安は、〝取り越し苦労〟ではなかった。

昔馴染みで兄弟以上の間柄であった駒吉は、屋根葺き職人を〝隠れ蓑《みの》〟にした、〝うしお一家〟の身内となっていた。

三年前、博奕で作った十五両の借金を巡ってのいざこざで、うしお一家の、六《ろく》助《すけ》という乾分《こぶん》に追い込まれたのを、身に覚えた軽業で町の大屋根を駆け回り、駒吉は板橋《いたばし》宿に逃れた。

ここでほとぼりを冷ましたつもりが、一年前に江戸へ戻ったところを再び六助に見つかった。

片腕の一つ落とされるかと思ったが、駒吉は権三の前に連れて行かれ、

「話はおれがつけてやるから、お前のその軽業をおれに売らねえか」

と、持ちかけられた。

否《いや》も応もなかった。

その日から駒吉は、権三の身内となった。

そこで駒吉が与えられた仕事は、権三に楯《たて》つく者がいないかを調べることであ

った。

というのも、〝うしお一家〟は、先代の元締・吉兵衛《きちべえ》の急死を受けて、権三が跡を継いだばかりで、これに古参の乾分が数人、反発していたのだ。

駒吉は、権三が目星をつけた乾分たちの立ち回り先の天井裏に忍び込み、その動向を探った。

ところが古参の衆は、一様に不満を持ちつつも、権三と争う気概はなかった。

そして、権三がまったく予想もしなかった、〝碇《いかり》の半次《はんじ》〟という先代・吉兵衛子飼いの男が権三の命を狙ったのである。

外出先で斬りつけられた権三は危うく難を逃れ、用心棒は半次に深傷《ふかで》を負わせ撃退したが、これを取り逃がした。その後、身動きできぬはずの半次を、権三はいまだ見つけられずにいた。

「誰かが半次を匿《かくま》っているに違いない……」

何事にも用心深く、用意周到な権三は、半次を匿っていそうな者を調べ上げ、まずその名を帳付けさせた。

最早《もはや》、権三に逆らう者は誰もいない。

手荒なことをして、これが表沙汰になれば、いくら役人に鼻薬をきかせてあっても、南町・根岸肥前守、北町・小田切土佐守――南北両奉行は共に切れ者。どこに落とし穴が待っているか知れたものではない。

誰にも気付かれぬように探り、半次の息の根を止め、闇から闇に葬る――これを急ぐことはない。

時をかけて、帳付けされた者たちの動向をそっと探った。

その中に、田楽豆腐を辻売りする、粂八の名が含まれていたのである。

粂八は、半次と親しくしていたようだ。

辻売りや出商いの者たちを、半次は仕切っていたので、傷ついた半次を放っておけず、日頃の誼《よしみ》で助けた者がいるかもしれない。

特に、粂八は正直で情に厚いという。

権三は熊井《くまい》町の粂八が暮らす長屋に手を回し、端の一軒に駒吉を送り込んだ。名は、政吉――今住んでいる古着屋を改装する間の仮住居と称して。

駒吉と政吉。

そっくりなはずである。同じ男なのである。

船宿を出た駒吉に、強い陽射《ひざ》しがふり注いで、眼を眩《くら》ませた。

「穴蔵で暮らしていると、どうもいけねえ……」

いたちやねずみは、昼間どうやって暮らしているのか。

駒吉はふっと自嘲の笑いを浮かべた。

――又平に会いたい。

追われる身であったとはいえ、兄弟以上の友達に何も告げずに姿をくらませたことは、ずっと駒吉の胸の内にひっかかっていた。

〝うしお一家の権三〟に拾われ、とりあえずほとぼりが冷め、かつて一緒に暮らしていた長屋を訪ねてみれば、又平はすでにそこにいなかった。

今戸橋の袂でばったりと出会ったのは、まさに、死んだ親方・仁兵衛が引き合わせてくれたのだろう。

又平が身を寄せているという〝手習い道場〟を訪ねに、京橋へ出かけようと、あれから何度思ったことかわからない。

だが、屋根葺き職人と世間では思われているが、その実は、裏稼業に手を染める〝うしお一家〟の身内である限り、人と深い付き合いなど、してはいけない駒吉であった。

陽が昇ると熊井町の長屋を出て、ぶらぶらと、うしお一家の息のかかった、盛り場の片隅で時を潰し、日が暮れて後、長屋へ戻り、辻売りから帰る粂八を待ち受ける。そんな覗き魔、告げ口屋の暮らしが駒吉を待っていた。

権三が女にやらせている料理屋に立ち寄り、己が夕餉の折詰を受け取り、それを風呂敷に包み、今日も仕事帰りを装い長屋へ帰る。

日暮れの長屋は、子供たちが走り回り、それに飯だと大声で呼ぶ母親の姿が方々で見られる。

この光景に触れるのは、どうも苦手だ。

ほのぼのと心を潤《うるお》すには、駒吉の胸の奥は乾ききっていた。

できるだけ、長屋の住人と顔を合わさぬようにして、木戸の傍の仮住居の中へと入る。

六畳一間の奥の戸を開けると、植込みと呼ぶにはあまりに侘《わび》しい、裏路地へ抜けられる地面が見える。

この戸を少し開けておく。

家へ入った姿を見られて後、誰かが訪ねて来たが、その時はすでに天井裏に消えていた——そういう場合の用心である。

裏を通って、どこかへ出かけたと思わせるのだ。

そうして、誰にも見られていないのを確かめて、心張り棒で天井の板をずらして、火鉢の端の小引き出しの天板である〝猫板〟を踏み台替わりに、たちまちのうちに天井裏に消えてしまうのだ。

辻売りから帰って来る粂八の姿は、すでに外で確かめてある。

天井板を閉じると、梁の上を音もなく走って、奥の一軒の上に身を伏せて中を節穴から覗き込む。

昨夜、又平がこの長屋を訪ねてきた時。

すでに一番奥に位置する粂八の家の屋根裏にいたので、駒吉は、又平とおみつが表で話す声が聞こえなかったのである。

やがて下ではここ数日いつものごとく展開する、働き者の粂八を労《いたわ》る、おみつと太郎吉の、〝お出迎え〟となる。

孤児の駒吉にとって、この〝団欒〟を見せつけられるのは、拷問に等しい。

〝やっかみ〟は時として憎しみに変わる。

「こんな貧乏たらしくて、侘しい暮らしが肉親の情というなら、おれは真っ平だ……」

もっとも、〝見せつけられている〟のではなく、不埒《ふらち》にも〝覗き見〟をしているわけであるから、内心の忸怩《じくじ》たる思いと相俟《あいま》って、駒吉の胸の内は複雑に揺れるのだ。

悪党どもの悪巧みを暴き出すのはなかなか痛快であるが、善良な堅気の家を探るのはどうも気が引ける。

「今日は和尚《おしよう》さんが買いに来てくれたよ」

天井の下で、粂八の声が聞こえた。

途端、おみつが少し声を潜めて、

「半次さんの具合は……」

と、言ったのを駒吉は聞き逃さなかった。

――半次だと。

おみつの問いに、粂八もまた声を潜めた。

「まだ一人歩きはできねえが、だいぶ怪我《けが》の具合はよくなったそうだ」

「そりゃあ、よかったね……。半次さんのようないい人が……」

「おみつ……」

その名を出すんじゃないと、粂八がおみつを窘める様子が窺い知れた。

それきり、この話題が夫婦の口から出ることはなかった。

だが、〝和尚〟〝半次〟〝一人歩き〟〝怪我〟……。これらの言葉から思うに、粂八は姿を消した半次について、何かを知っている。半次はどこか寺に匿われていて、和尚がその無事を、田楽豆腐を買い求めに来た振りをして、粂八にそっと伝えた……。

――とにかく、元締の見る目は正しかった。

駒吉は、〝政吉の家〟に屋根裏から戻って、ガツガツと持って帰った折詰を食べた。

玉子焼きに煮染に焼き魚……。粂八の家の食事に比べるとはるかに豪勢な弁当である。だが、穴蔵から戻って、埃《ほこり》にまみれた姿のまま一人食べる夕餉の何と虚《むな》しくて、味気ないことか……。

――明日、元締にこのことを話して、この仕事から抜けさせてもらおう。

この先は、もう天井裏から覗かずとも、粂八の周辺を徹底的に洗えば、和尚も寺も見えてこよう。

とにかく駒吉は、もう一刻も早くこの長屋から出てしまいたかった。

粂八親子に、その、和尚と寺に、どれだけの難儀が及ぶかは知れぬ。

だが、元締の狙いは、一家の内で造反を起こした半次であって、とるに足らぬ辻売りの一家を殺すことはなかろう。

――だいたい、素人がこういうことに関わるからいけねえんだ。

孤児に生まれ、やることなすことうまくいかず、御政道の裏道を生きねばならなくなった今、せめて元締に引き立てられ、悪党は悪党なりにいい暮らしを送ってやる。

そうでもないと、おれの生まれてきた意味も値打ちも、何も残らない――。

駒吉は〝碇の半次〟と呼ばれる、一家の兄貴格とは、ほとんど口をきいたことはない。

権三の身内となった時から、絶えず誰かの動きを探るために、屋根裏に潜り込んでいたからだ。

権三は頭の切れる男だが、情がなく冷酷だ。金と力がすべてだと思っている。

半次が権三を襲ったのには何か理由があるのであろう。

――だが、あまりに馬鹿だ。後先考えずに権三を襲うとは。

そのお蔭で駒吉は、粂八親子の団欒を覗き見することを余儀なくされたのだ。

――誰がどうなろうと、おれの知ったことじゃねえや。

駒吉は酒をひっかけた。

どうも釈然としない気持ちをごまかすために。今宵はなかなか眠れなかった。

四

翌朝。

納豆売りと、蜆《しじみ》売りの声に、駒吉は目覚めた。

寝酒のはずが、つい飲み過ぎて、頭も体も重かった。

明け六ツ（午前六時頃）に木戸が開き、長屋の住人は朝の支度を始め、男たちは仕事に、子供たちは手習いに出かける。

どこの長屋でも同じ風景が展開される。

人の出入りが一段落したのを見計らい、駒吉は家を出た。

一晩過ぎて、駒吉の気持ちも少しは落ち着いていた。今日は、元締に〝覗き見〟の成果を報《しら》せるつもりである。

――それがおれの仕事なんだ。

木戸を出ようとして、政吉さん、と呼び止められた。

振り向くと、おみつが洗濯桶《おけ》を手に笑っていた。

「一昨日だったかしら、政吉さんを見かけた人が昔馴染みにそっくりだと言って、訪ねて来たのよ」

「わたしが、昔馴染みにそっくりだと……」

駒吉は、小商人の政吉と様子を変えて、これに応えた。

「ええ、世の中には同じ顔をした人が何人かいるって話をよく聞くけど、政吉さんにもいるらしいわよ」

「そいつは気をつけないといけないねえ。思わぬ所で、貸した金を返せ、なんて」

「その人の口ぶりでは、悪い人ではなさそうよ」

「どんな人なのか。会って尋ねてみたかったねえ」

「名前を聞こうかと思ったら、その人、人違いを恥ずかしがって、逃げるように帰ってしまったわ」

「そうですか。それじゃあ、そのうちどこかで、同じ顔二人がすれ違うこともあるってもんだ」

駒吉は、愉快に笑う、おみつの屈託《くったく》のない姿に、覗き見している身がどうも決まり悪く、如才なく振る舞うと、さっさと長屋を後にした。

——又平に見られたようだ。

人違いを恥じて逃げるように帰ったと言ったが、何か気づかれたかもしれない。

それは仕事をしくじることにつながるうえに、こんな暮らしをしていることを又平に知られたくはない。

――手習い道場とやらに行ってみるか。

今日限り、この長屋に戻るつもりはない。

もし、又平が何か疑いを自分に持っているのなら、うまく言い包《くる》めておこう。

駒吉は、そう思ったのである。


京橋水谷町には小半刻（約三〇分）で着いた。

表通りに面した長屋三軒分を改修した、風変わりな道場から、子供たちの笑い声が聞こえてきた。

――又平の声がする。

小窓から中をそっと覗いてみると、手習い子の中に混じって、師匠の話を聞く又平の姿が、駒吉の目にとび込んできた。

師匠は子供たちに、〝浦島太郎〟の物語をおもしろおかしく聞かせているようだ。

「それで、玉手箱を開けると、浦島太郎は白髪頭《しらがあたま》のお爺《じい》さんになってしまった……。だから、大家の善兵衛さんは、ああ見えて昔は浦島太郎だったんだぜ。それで、乙姫《おとひめ》とよろしくやっていたってわけだ」

「こいつはいいや！」

又平の笑い声が先行して、道場は笑いの渦となった。

――あのお人が秋月栄三郎って旦那か。

又平はいい男に拾われたものだなと、駒吉はしばしの間、栄三郎の話に聞き入った。

栄三郎は笑いが止むと、今度は真顔となって子供たちを見廻《みまわ》した。

「だが、おれはこの話の中で一番好きなのは亀だ。のろまなくせに、手前を助けてくれた人への恩を忘れない。人はこうありたいものだ。で、一番悪いのは誰だ」

「亀をいじめた子供たち……」

手習い子たちは口々に答えた。

「お前たちは偉い！　そのとおりだ。そもそも、このがきどもが亀をいじめなきゃあ、浦島太郎はおかしなことにならなくて済んだんだ。いいか、皆は何があっても弱い者いじめだけはするんじゃねえぞ！」

「はい！」

子供たちは元気に答えた。

――手習いってのは、こういうことを教えてくれるのか。

栄三郎の話に聞き入る駒吉は、思わず身をのり出していた。

「駒吉！」

その姿を目敏《めざと》く見つけて、又平が叫んだ。

子供たちの目が一斉に駒吉に注がれた。

「駒吉、訪ねてくれたのかい。今、手習いの最中だ。お前も一緒に先生の話を聞きな。がきの頃は、手習いに通ったことはなかったから珍しいだろう」

又平は、窓越しに構わず声をかけてきた。

あれこれと案じていた駒吉が、こうして訪ねて来たことがよほど嬉《うれ》しかったのであろう。その声は弾んでいた。

「お前さんが駒吉つぁんかい。又平から噂《うわさ》は聞いたよ。とにかく中へ入っておくれ……」

栄三郎が頰笑みかけた。まるで昔からの知り合いのような気やすさである。

「へ、へい……。そんならちょいとお邪魔を」

吸い込まれるように駒吉は道場へ入った。

「又平兄ィのお仲間かい」

一番年長の手習い子の竹造《たけぞう》が、生意気な口をきいた。

「ああそうだ。兄弟のように育った仲だ」

そう応える駒吉の横から又平が声を挿《はさ》んだ。

「この又平兄ィはなあ。皆みてえに親兄弟はいねえが、こういう無二《むに》の友ってのがいるんだ。どうだ凄えだろう」

「又平、覚えたな。皆、無二てのは、二つとないということだ。だから無二の友は、かけがえのない友達ってことだ。覚えておきな……」

栄三郎が子供たちに教える――。

駒吉は、又平の様子を探りに来たつもりが楽しくなって、それからしばらく又平と机を並べ、生まれて初めての手習いを受けた。

やがて昼の休憩となり、駒吉は栄三郎に勧められ、又平が炊いた飯を、干物と味噌汁で共に食べた。

又平はその間、駒吉の顔をニヤニヤしながら眺めていたが、

「お前、政吉って声をかけられたことはねえかい」

と、笑いながら尋ねた。

又平は、深川へ行ったついでに、猿江町の長屋を訪ねたこと。その帰りに熊井町の長屋でとんだ人違いをしたことなど話した。

「何でえ、ありゃあ人違いだったのかい」

栄三郎は、駒吉が女の所へ通っていると思っていたと言った。

駒吉は、又平があれこれ、自分のことに疑いを抱いていない様子にほっとした。

忙しくて猿江町の長屋に帰っていないのは、このところ、出仕事が多いのだと言い訳をして、その日は栄三郎と又平に別れを告げた。

「又平の昔馴染みというなら粗略にはできぬ。また、いつでも訪ねてきてくれ」

栄三郎は別れ際にそう言った。本当にそうさせてもらいたいと、駒吉は、わずかな時を共に過ごしただけで心底思った。その想いが又平を欺《あざむ》いている今の自分を悲しくさせた。

京橋まで見送ってくれた又平に、屋根葺き職人であることは方便で、実は〝う

しお一家〟の身内として暮らしているのだと打ち明けられたら、どれほど気分が晴れるだろうと、駒吉は思った。

話に聞けば、又平は、秋月栄三郎の取次屋なる〝内職〟を手伝っているという。手習い所の下働きをしている体裁ではあるが、又平とて真っ当に生きているとは言い難いではないか。正直に打ち明ければいろいろ悩みも聞いてくれるだろうし、あの魅力的な栄三郎という旦那とも腹を割った付き合いができる。

――だが、打ち明けたとてどうなる。

それによって、やくざに落ちぶれたその身が清められるわけではないし、博奕の借金の穴と不始末を埋めてくれた権三の下から抜け出ることはできない。

駒吉にとって、又平が住む世界は、〝海と湖〟のように違う。水の違う所に住む魚は共に暮らすことはできない。

又平が駒吉に何か疑念を持っていないか確かめるために〝手習い道場〟には行ったのである。そこにこの先、用はない――。

駒吉は虚しい想いを胸に、又平と別れた。

無二の友が漂わせる哀愁は、又平に届いた。

――駒吉の奴、やはりおかしい。

又平は釈然としないまま、その後姿をいつまでも見送るのであった。

又平の温かい眼差《まなざし》を総身に覚えれば覚えるほど、駒吉の心の中で又平に迷惑をかけまいとする決意が固まった。

――この勤めがすんだら、元締に願って、旅に出させてもらおう。

そうだ、出仕事に行くと言って、又平とは会わぬようにすればよいのだ。

駒吉は揺れる想いを落ち着けようとして、永代橋を渡ると、すぐに佐賀町の船宿〝うしお〟に向かわずに、洲崎の浜へ足をのばした。

子供の頃、二親のない駒吉と又平を、仁兵衛親方はこの浜へ潮干狩りに連れて来てくれたことがあった。

初めて海を見た時の驚きと興奮を、駒吉は忘れはしない。

大人になれば、とにかく海を見に行こう。

又平と二人、誓い合ったものだ。

浜辺には十五夜の月見に、ここを訪れた遊客が残した焚《た》き火の跡が点在していた。それを見るうち、駒吉にまた、ひねくれた想いが湧いてきた。

――ふん、貧乏人どもが。

今度の月見は、屋根船に芸者を侍《はべ》らせて、心ゆくまで月見酒と洒落《しやれ》込んでやる。

駒吉は感傷に陥った胸の内を奮い立たせて、佐賀町へ向かおうと平野橋を渡った。

その間、元締への報告も頭の中でまとまった。

ふと見ると、橋の袂の少し向こうで、焼き上がった田楽豆腐の串を片手に冷や酒を飲んでいる、木場人足や船頭たちの姿があった。

その笑顔に囲まれて、ひたすら田楽豆腐を道端に腰を下ろして焼いているのは粂八である。

思わず駒吉は松の木蔭に隠れた。

粂八は、客に愛敬を振りまきつつ、一本一本を丁寧《ていねい》に緩慢《かんまん》な動作で焼いていく――。

栄三郎は手習い子たちに、おれは、のろまではあるが、受けた恩を忘れない亀が好きだと言った。弱い者を苛めてはいけないと戒めた。

その言葉が、駒吉の中で蘇《よみがえ》った。

粂八のような純朴な男がどうして、〝碇の半次〟を匿っていると疑われているのか。駒吉は一家の身内の者に尋ねたことがある。

何でも、一家の内に不心得者がいて、辻売り、行商の連中に所場代の他に、あれこれ金をたかり、これを断ると嫌がらせをしたらしい。粂八も何度か商売道具を叩《たた》き壊され、ひどい目に遭わされたのだが、これを救ってくれたのが半次であったのだ。

半次は三十過ぎ。船頭くずれの苦み走った好男子で、うしお一家の若い衆からの人望が厚い。方々から粂八たちの受難を耳にして、行商、辻売りを一堂に集め、洲崎の浜でたかりを働いた若い者たちを殴りつけ、金を返し、「勘弁してやってくれ」と頭を下げた。

その恩を忘れずに、傷ついた半次を〝竜宮城〟に連れて行ったとしたら、粂八は立派な男ではないか。

その想いがまたも、駒吉の佐賀町へ向かう足を引き留めた。

――まったく、おれって奴は。

裏社会を牛耳《ぎゅうじ》る一味に身を置くというのに、駒吉はいまだ悪党になれず、ふん切りのつかぬ己に苛々《いらいら》とした。

元締の権三は言った。

「お人良しは、命取りのもとだぜ」

駒吉が粂八を庇《かば》ったところで、誰かが必ず調べあげるであろう。

その時、馬鹿を見るのは己ではないか。

松の木蔭を出て、やはり佐賀町へ向かおうとした駒吉であったが、粂八をおみつと太郎吉が訪ねて来たのを見て、再び身を潜めた。

おみつは太郎吉を粂八に托して、粂八から頼まれた田楽豆腐をどこかへ届けに行くようだ。

熊井町の長屋に張り込んで以来、辻売りをする粂八の様子は、一家の若い衆が交代で、平野橋の袂が見渡せる料理屋の一室から見張っていた。その報せでは、粂八の日常は、田楽豆腐の仕込みと辻売りの他は、そのまま家へ帰るという、まことに味気ないものだという。

意図的にそうしているなら、この、おみつの動きは見過ごしにできない。

駒吉は料理屋の窓に向かって、〝おれに任せろ〟と頷くと、おみつの後をつけた。

おみつは、竹の皮で包んだ田楽を大事そうに携えると、軽快な足取りで三十三間堂町を北へ、亀久橋の手前を西へ折れた。

その辺は堀に囲まれた所で、幾つもの寺が建ち並んでいた。

おみつは、その一番向こうの源信寺《げんしんじ》という寺に入っていった。

さほど大きな寺ではないが、庭は広く樹木が密生している。駒吉にとってはまことに忍びやすい寺である。

そっと庭へ入り込んで、赤松の大木の上に、たちまち身を移し、枝の重なりに姿を隠す。

本堂の方を窺うと、御堂の階《きざはし》にちょこんと腰を下ろした赤ら顔の老僧が見える。

小柄で猿のように皺《しわ》立つ面相が何とも剽《ひょう》げていて味わいがある。

老僧は、〝芳秋《ほうしゅう》〟と言う、この寺の和尚である。

おみつは芳秋に、田楽豆腐の包みを掲げ、

「和尚さま、粂八がこれをと……」

「おお、これはありがたい。よいのかな」

「この前は、わざわざお出ましいただいたようで」

「大の好物じゃゆえにな……」

「どうぞ、食べさせてあげてくださいまし」

和尚が意味あり気に頷くと、おみつは深々と頭を下げて寺を後にした。

昨夜、粂八夫婦の会話に出て来た和尚さんというのは、間違いなくこの和尚であろう。

駒吉はしばらく木の上で様子を眺めた。すると、田楽豆腐を手にした芳秋が、別棟の観音堂に入っていく姿が見えた。そして、しばらくして出て来た老僧の手には竹の皮の包みは見られなかった。

——間違いない。

昨夜の夫婦の会話から、半次はこの寺の観音堂の中に匿われている。

駒吉は逸《はや》る心を抑えつつ、赤松の上からするすると地面に降り立ち、佐賀町の船宿〝うしお〟に向かった。

行き場を失い、権三に飼われた駒吉は、猟犬のごとく獲物を見つけ主に報せる……。その習性がいつしか身にこびりついてしまったのであろうか。

半次がいかに、〝いい奴〟であっても、一家に楯つく男は一家の法で裁かれねばならない。

——面倒な勤めを早く片付けて旅に出よう。

足早に寺を出る駒吉であったが、先ほどから己が姿を見張っている人影にまるで気付いていなかった。

船宿に着いた時。

駒吉は、ちょうど出かけるところの権三と、船着き場で顔を合わせた。権三の傍には、今や元締の片腕となった、かつて駒吉を捕えた六助がいる。

「おう、何か掴《つか》めたのかい……」

駒吉を認めた権三は、期待の表情を浮かべた。口許を少し綻《ほころ》ばせるが、眼は決して笑わず、どこまでも乾ききっている。いつもの睨《にら》むような顔付きである。

その眼差を向けられた時、どういうわけか駒吉の頭の中に、又平の眼、栄三郎が子供たちに向けた眼、粂八、おしの、太郎吉が互いに向け合う眼が瞬時に駆け巡り、胸の奥から、権三に対する言い知れぬ嫌悪がこみ上げてきた。

「へい、それが……」

駒吉は一瞬、言い淀んだ後、気がつけば、

「何も変わったことはござんせん……」

と、答えていた。ひとりでにその言葉が出たのである。

「何でえ、そんならわざわざ報せに来ねえで、そのまま見張ってやがれ」

六助が忌々《いまいま》しそうに言った。

「もっと見張り甲斐《がい》のある野郎を当たらせてもらえませんかねえ」

駒吉は咄嗟《とっさ》に言い訳をした。

「手柄を焦《あせ》るんじゃねえ。少しでも怪しい素振りがありゃあ、伝えな。そこから田楽売りの体に聞いてやらあ」

人を憚《はばか》り、権三は小声で言った。

その言葉に、駒吉は背筋に冷たいものを覚えた。自分はすでに権三に嘘をついていた。

「まあいいや、駒吉、これから島から帰って来た兄弟を祝いに行くところだ。お前も引き合わしてやるからついて来な……」

駒吉は言われるがままに、権三、六助と船に乗った。泥船に乗る心地であった。

その、去って行く船を、上《かみ》ノ橋《はし》の上からじっと眺める男が一人――。

先ほどから、駒吉の動きをそっと見守っていたのは又平であった。

京橋で駒吉と別れたが、やはり気になって後をつけてしまったのだ。

疑り深い己が心を恥じて、心の底で駒吉に謝りつつ、取り越し苦労であればよいがとつけてみれば、熊井町の長屋で出会った女房と、その亭主と子供を、あろうことか駒吉は見張っていた。そして、船宿から出て来た只者《ただもの》ではない町の男……。

だが船で大川に漕《こ》ぎ出されては、後をつけるのもここまでだ。

「駒吉、お前の身にいってえ何があったんだ」

眼下で川の鯉《こい》が、ぽちゃりと跳ねて水面に波紋を広げた。そう言えば、〝ひょうたん〟に、およし目当てで通うのを、

「〝八月は離れ月〟なんて言葉があるぜ」

と、栄三郎にからかわれたことがあった。

「ようしッ……」

又平は逸散《いっさん》にその場から駆け出した。

五

居酒屋〝そめじ〟は、〝竹河岸〟の職人や人足で賑わっていた。

陽が陰り、涼しい風が吹き始めると、お染は忙しくなる。鉄紺色の片襷《かただすき》が何とも勇ましく見える。

男たちの注文に、いちいちはっきりと応える仕事ぶりには隙がなく、いくら店が立て込んでも女将が泰然自若としているのが心地良い。

「いらっしゃい！」

新たな客の姿に、お染は勢いのいい声をかけたが、その二人連れを見るや、

「何だい。来る店を間違えているんじゃないのかい」

と、いきなりの憎まれ口――。二人連れは栄三郎と又平であった。又平の日頃の〝ひょうたん〟通いに栄三郎が付き合ったことはすでにお見通しのようだ。

「又平が、どうしてもお染姐《ねえ》さんの御尊顔を拝し奉《たてまつ》りたいってさ」

栄三郎の傍で、天敵であるはずの又平は、いつになく神妙な面持ちでお染に会釈した。

「何だい又公、拍子抜けだねえ……」

それから小半刻がたって――。

「ちょいと休ませておくれな！」

店の席が埋まり、ひと通り注文が落ち着くと、お染は大声で客に断って、栄三郎と又平が飲んでいる小上がりについて、ヒソヒソ声で話し始めた。

「あんたの昔馴染みが会っていたってのは、うしお一家の元締の権三って男だよ

……」

お染は又平に言った。

又平は、船に乗った駒吉の姿を見送った後、道場にとって返し、栄三郎に友達の不審な行動について相談した。

それならまず、深川辺りのことには詳しい元売れっ子辰巳芸者〝染次〟ことお染姐さんに尋ねるがよかろうと、栄三郎は又平を飲みに誘ったのである。

芸者をやめて、京橋の袂にこの小さな居酒屋を開くようになってからも、お染を慕って訪ねてくる深川での昔馴染みも多く、お染の耳にはいやでもいろいろな情報が入ってくる。

「おれの見たところでは、駒吉は博奕のいざこざを、その権三に収めてもらって、否応なく、うしお一家の身内になったんだろう」

「先代の頃なら、それもよかったけどね」

栄三郎の臆測に、お染が顔をしかめた。

「権三ってのは、どんな野郎だ」

「金のためなら、人殺しだって請け負《う》うような人でなしだよ」

「うしお一家と言やあ、深川辺りを仕切る香具師《やし》の老舗《しにせ》だ。その元締にどうしてそんな野郎が……」

　又平が口を挿んだ。

「だから、その金の力だよ。先代の吉兵衛親分は、真っ当に暮らしている者には何があったって阿漕《あこぎ》な真似はしなかった。その心意気を乾分たちは忘れちまったのかねえ。権三の金に押さえつけられちまってさ。男と言えるのは半次さんだけさ」

「半次……」

　栄三郎が尋ねた。

「いい男だったよ。〝碇の半次〟、誰にでも優しくてさあ、男気があって、誰かさんとは大違いだ……」

「又平を責めてやるな」

「あんたのことだよ……」

「で、その半次は何をしているんだ」

「権三を殺《や》ろうとして、しくじって……。足に深傷《ふかで》を負ってどこかへ逃げているって噂を聞いたよ」

「足に深傷を負って、よく逃げられたな」

「碇の半次……。船頭くずれで泳ぎは達者だよ」

「川へとび込んで、その場は逃げたか」

「でも遠くへ行けやしない。誰かが匿っているんじゃないかと」

「駒の野郎、その半次って男を捜して、源信寺に……」

又平が唸った。

「源信寺……。ああ、あの和尚ならやりかねないね」

源信寺の和尚・芳秋は大酒飲みの生臭坊主ではあるが、面倒見の良さと、飾らぬ人柄が深川界隈《かいわい》の貧乏人たちから愛されているという。この老僧の前身は謎《なぞ》に包まれていて、内藤新宿《ないとうしんじゆく》辺りの暴れ者であったとか、それなりの身分の侍であったとも噂されている。

そういう和尚である。処の顔役権三を気にせず、無頼の輩《やから》を匿った廉《かど》で、役人の取り調べを受けることも恐れず、半次を庇ってやるかもしれない。お染はそう言うのだ。

「さすがはお染だな。権三ほどの男が見逃してしまっている、その和尚のことまで知っているとはな」

「それだけ権三が、貧乏人の日々の暮らしに目を向けていないってことさ」

感心する栄三郎に、お染は怒ったように答えた。お染のような、深川の表も裏も見てきた女が権三をまったく良く思っていないということは、これに飼われている駒吉はまことに哀れである。

又平の顔が青ざめた。

「又公、あんたの昔馴染みってのが、半次さんを探り当てて権三に報せたとしたら、わっちはそいつを許さないよ」

お染の言葉に、又平は気色《けしき》ばんだが、人目を気にして声を押し殺し、

「許さねえだと。お前は駒吉に会ったことがあるのかい。あいつは博奕でしくじりはしたが、心の優しいいい男だ。非道なことはしねえや。そもそも、手前の身内の命を狙ったのは半次じゃねえか」

「半次さんが命を狙ったのは、よほど、権三が悪いことをしたのに違いないよ」

「ふん、やくざ同士の諍《いさか》いに、いいも悪いもあるもんかい。いろいろ教えてくれてありがとうよ。旦那、あっしは帰りやす」

「おい又平……」

又平は、ぷいっと店を出た。

「ちょいと余計なこと言っちまったかね」

「いや、お前の言うように、きっと半次は、腹に据えかねることがあって、権三の命を狙ったんだろう。又平の話と、お染の話から考えると、辻売りの夫婦と、その和尚が半次を庇っているのかもしれねえ」

「だとしたら、権三は黙っちゃいないよ。夫婦も和尚も殺されるかもしれない」

「何とかしてやりてえな……」

弱い者が命をかけて正義を貫こうとしているのであれば、これを放ってはおけない栄三郎であった。

きっと駒吉も同じ想いで、心を悩ませているのではないか――。

今日、手習いを又平と共に受けていた駒吉は、悪人とは思えなかった。又平が駒吉を案ずる気持ちは痛いほどわかる。

栄三郎は、切れ長の目を静かに閉じて黙想した。

馬鹿話をしているかと思うと、時折見せる栄三郎のこの姿がお染は好きであった。

空いた盃《さかずき》にそっと酒を注《つ》ぐと、お染は板場へと戻った。

一方、店をとび出した又平は、熊井町の裏長屋に〝政吉〟を訪ねに向かっていた。

おそらく〝政吉〟は、駒吉そのものに違いなかろう。何としても駒吉を悪の巣から連れ戻さねばならなかった。

そして同じ頃、二度と戻ることはないと思っていた、熊井町の長屋の屋根裏に、駒吉の姿はあった。

権三に見たことを伝えなかったうえは、その許しを得るまでは、この長屋から離れられない駒吉であった。

取るに足らない辻売りに手を出すまいと思っていた権三が、〝田楽売りの体に聞いてやらあ〟と言った。粂八が半次を匿っていることを権三に告げれば、おそらく粂八もおみつも、そのままでは済むまい。

夫婦には幼い太郎吉という子供もいる。何とか助けてやることはできないかと、今、駒吉は思っている。

さらに、もう一度屋根裏に潜んで、知りたいことがあった。

先ほど、権三の兄弟分〝臥煙《がえん》の丹兵衛《たんべえ》〟が、〝島〟から戻って来たとのことで開かれた宴席に、権三、六助について行った時のことである。

駒吉は、丹兵衛との顔合わせが済むと、そそくさと宴席から下がった。そして、料理屋を出て裏道から戻ろうとした時、生垣の隙間から、厠《かわや》の前で立ち話を

している、権三と丹兵衛の姿を見かけた。何を話しているのか気になった駒吉

――そっと耳をすませてみると、

「元締、いよいよそう呼ばれる日が来たな……」

「うまくいったが、半次に気づかれちまってな」

「その話は聞いたよ。早いこと口を塞いじまわねえと面倒だな。兄貴に逆らう野郎はまさかいねえだろうが、事が知れりゃあ話は別だ。まあ、おれに任せな」

「頼むぜ兄弟。今度はお前に苦労はかけねえ。なに、役人は飼い馴《な》らしてあるし、いざとなりゃあ、誰かその辺の奴に罪を被《かぶ》せて……」

こんな会話が聞こえてきた。

用心深い権三も、はしゃぐことがあるようだ。不用意にもこんな所で秘め事を口にした。

罪を被せられるかもしれない恐怖を覚えるとともに、権三にこういう隙があることが、駒吉を少し落ち着かせた。

しかし、何より聞き捨てならないのは、半次が何かに気づいたという権三の一言である。

〝何か〟に半次が気づき、それによって半次は権三の命を狙い、権三は逃げた半

次の口を封じるのに躍起になっている。

その〝何か〟とは――。

駒吉はそれを知りたかった。

屋根の下、天井の向こうに、粂八の声がする。

家ではいつもの慎ましやかな夕餉が済み、太郎吉がはしゃいでいた。今日、昼間に粂八の辻売りを手伝って、父親にも客にも誉《ほ》められたことが誇らしく、興奮しているようだ。

だが、すぐに疲れて眠りにつくと、粂八はあどけない愛息の寝顔を見ながら、おみつに、この子を連れてしばらく江戸を離れるように伝えた。

「やはり行かないといけませんか」

おみつは哀《かな》し気に答えた。

「半次さんが無事に逃げおおせるまで、おれは和尚さんを手伝うつもりだ。だが、それができないまま見つかれば、お前や太郎吉まで危ない目に遭うかもしれねえんだ」

「そうだねえ……。この子だけは守ってやらないと……」

「半次さんは、先代の吉兵衛親分が、あの権三に毒を盛られて殺されたことに気づいて、それを確かめようとして権三の用心棒に斬られたんだ。それを世間では、半次さんが権三を襲ったことになっている。こんなおかしなことがあってたまるかい。おれは取るに足りねえ田楽豆腐の辻売りだが、おかしなことがまかり通る世の中を男として、黙って見ちゃあいられねえ。ましてや、商売道具を叩き壊されて困っているおれを親切に助けてくれた半次さんが難儀をしていなさるならなおさらだ……」

天井裏で、駒吉は衝撃を受けた。

そうだったのか、半次は権三が吉兵衛を殺したことに気づいたから追われているのか——。

それですべて話の辻褄《つじつま》が合った。

権三が駒吉にこの仕事を命じた時、

「半次はきっと、おれのことを悪く言い立て、人の哀れみを買っているに違えねえ。だが駒吉、お前はおれの身内だ。何を聞こうが、おれを信じろ。おれを信じねえ奴は、おれの敵だ……」

そう厳しく伝えたものだ。それは駒吉が粂八を探るうちに、半次から真実を打ち明けられた粂八の口から、吉兵衛殺しのことを聞くやもしれないことへの布石であったのだ。

己の身がかわいければ権三を信じるべきである。だがこの数日、そっと窺い見た粂八夫婦の何と清らかなことか。何を聞かされようがおれを信じろだと、この駒吉は男だ。我が身かわいさに、お前のような悪党を無理に信じるものか……。

駒吉は、権三への報告をすんでのところで思い留《とど》まって、心底よかったと思った。そして、自分を人でなしになる一歩手前で引き戻してくれたのは、無二の友である又平の優しさであったと、今はっきり気づいた。

又平のお蔭で、栄三郎という旦那に出会えた。生きる道を踏み外すなと言う、仁兵衛親方の言葉を思い出せた。

とにかく、おれはこれから何をしたらいいのか。又平に相談しよう、又平なら親身になって聞いてくれるだろう。粂八が半次の味方をするように……。

駒吉は、屋根裏の梁の上を引き返して、〝政吉の仮住居〟に戻った。ふっと天井板の隙間から下を見ると何者かが部屋にいる――。

「又平……」

勝手に家へ上がり込んで、駒吉が来るのを又平はじっと待っていた。

又平の座る畳のすぐ傍に、上からポトリと雨漏りがした。

それは、又平の姿を見た途端、駒吉の目からあふれ出した涙の滴《しずく》であった。

天井板をずらして顔を見せた駒吉を見上げて、

「駒、早く降りてこいよ……」

と、頰笑む又平の目にも、すでに涙が浮かんでいた。

よかった。これで二人の間に隠し事はなくなる……。

六

「父つぁん、今日は何だか蒸し暑いな」

「暑かろうが寒かろうが俺のせいじゃねえや」

「こいつはご挨拶だな。この頑固親爺《おやじ》が……」

栄三郎は、あの〝頑固者〟――煙管《きせる》師の鉄五郎を訪ねている。

注文していた煙管がいよいよ出来上がったのである。鉄五郎は、今やすっかり友達となった栄三郎に、ニヤリと笑って一本の煙管を手渡した。雁首《がんくび》と吸口は銀で、松の葉が刻まれている。羅宇《らう》は黒漆を塗ったもの。これは娘・おしの の婿・義太郎が羅宇師として腕を振るった。

武家が持つにはまことに相応《ふさわ》しい逸品――。

「どうでえ、いい出来だろ、参ったか」

「ああ参った。だがおれが使うんじゃねえや」

「そう言うと思って、もう一本作っておいたよ」

鉄五郎は、さらに煙管を手渡した。金の部分は真鍮《しんちゅう》製で、笹の葉が散らされ、羅宇はまだら竹。こちらも洒落た逸品である。

「代はいらねえよ。おれの気持ちだ」

「父つぁん……。お前、死ぬんじゃなかろうな」

「形見分けじゃあねえや。栄三の旦那にゃあ敵わねえ……」

豪快に笑う鉄五郎に、抱きつかんばかりの栄三郎は、二本の煙管を手に、一本は己が帯に差し、一本は桐の箱に仕舞い、十両の代を払うと鉄五郎の家を出た。

日本橋の南通りに出た所に、呉服店・田辺屋の主・宗右衛門が待っていた。その傍には駕籠《かご》が用意されている。

頑固が過ぎて、煙管師を廃業してしまった鉄五郎に、何とか新たに煙管を作ってもらうことはできないか――その取次を栄三郎に依頼したのは宗右衛門であった。

栄三郎は宗右衛門に、桐の箱の中身を見せた。

「煙管はこのとおり……」

「これがたったの十両で……」

「たかが煙管に十両より金を使う馬鹿はねえ。鉄五郎のこだわりだそうで」

宗右衛門は満面の笑みを浮かべて、栄三郎に駕籠を勧めた。目指すは数寄屋《すきや》橋御門内にある、南町奉行・根岸肥前守鎮衛の役宅――。

かねてより鉄五郎の煙管を所望していた肥前守に、宗右衛門が贈呈するのである。

これに、同行させてもらいたいと栄三郎は宗右衛門に望んだ。

気の張る所に出ることを嫌う栄三郎が、自ら願い出たのには理由があった。

「お前さんかい、あの頑固親爺を言いくるめ、見事に煙管を作らせたってえのは……」

煙管の到着を今か今かと待っていた肥前守は、宗右衛門と栄三郎を、役宅の居間に迎えると、くだけた口調で栄三郎に声をかけた。

六十半ばを過ぎ、老境に達したといえども、若き頃、市井《しせい》で暴れ回った名残は、穏やかな面相の中に利かぬ気を留め、それがほど良い愛敬となって人を惹き付ける。

　噂に違《たが》わぬ大人物だと感心した栄三郎、――これなら話もできると切り出した。

「秋月栄三郎にござりまする。鉄五郎に煙管を作らせるのは、いささか骨が折れました」

「さもあろうよ。大したもんだ」

「御奉行様に言われて作ったというのも業腹《ごうはら》だ。あんたに作ると言うことでやっと……」

「そんなら、お前さんから貰《もら》うことになるな」

「いえ、これはあくまでも田辺屋さんが買った煙管です」

「うむ、そりゃあそうだ。秋月栄三郎か、田辺屋、いい男を知っているな。気にいったぜ」

「畏れ入ります」

　宗右衛門は、得意な表情を浮かべて頭を下げた。

「さて、待ち焦《こが》れた相手と、晴れて対面とさせてもらおうか」

「その前に御奉行様、秋月先生のお願いをひとつ、お聞き届けくださりませぬか」

「何だ田辺屋、焦《じ》らすんじゃねえよ。まあ、この先生には煙管の借りがある。お前がそう言うなら是非もない。まず話を聞こう」

「ありがたき幸せに存じまする」

栄三郎は、宗右衛門と共に平伏した。

それから一刻ばかりの間――。

肥前守は、にこやかに、栄三郎の話すこと一つ一つに相槌《あいづち》を打つと、最後には引き締まった表情で大きく頷いた。

栄三郎の願い事をしっかりと受け止めた様子の肥前守に、宗右衛門は件《くだん》の煙管が入った桐箱をここぞと差し出した。

「事情はわかった。先生、いい話を聞かせてもらったよ。すぐに策を練らにゃあならねえが、まず一服つけさせてくれねえかい」

肥前守はそう言うと、鉄五郎製の煙管を手に取り、これを嬉しそうにしげしげと眺め、

「いや、いい煙管だ」

と、かねて用意の煙草盆を使って一服つけた。

栄三郎と宗右衛門は、ほっと一息をついて互いに頷き合うと、再び肥前守に平伏した。

それから三日後の夜のこと。

深川源信寺に忍び込んだ黒装束の一群が、南町奉行所の捕吏に一斉に捕えられた。その中には駒吉の姿もあった。

駒吉から、半次が源信寺に匿われているとの報を受けた権三は、用心深く、まず六助に命じて観音堂を調べさせた。

そして、観音堂に地下の物置があることを見つけ、そこに半次の声を確かめたという六助の報せをもって、島帰りの臥煙の丹兵衛が、用心棒二人に、六助、駒吉を従え、半次の身柄を押さえに出向いたのである。

用心棒の一人は、半次の足に深傷を負わせた浪人であった。手に余れば殺したうえで骸《むくろ》を持って帰れ、寺の者が気付けばそれも斬れと権三に言われていた。

そして、軽々と塀を跳び越え、内側から門を開いた駒吉の先導で寺へ忍び込み、観音堂に迫ったが、地下の物置には、半次の他に、屈強の南町同心が待ち受けていた。

さらに、寺の内外から捕吏が雪崩《なだ》れ込み、一網打尽となったのである。すべては駒吉の告発を栄三郎によって知らされた肥前守の指図であった。

この時、駒吉は共に捕えられたが、これも栄三郎に情状の酌量を訴えられ、駒吉の身の安全を慮《おもんぱか》った肥前守の指図であった。権三一味は駒吉が告発したとは、これで思うまい。

粂八が住む熊井町の長屋には、もしかの襲撃に備え、栄三郎が、剣友・松田新兵衛と共にそっと見張りについた。

この騒動の責めをもって、間髪を容《い》れず、肥前守は元締・権三を召し捕った。

無事に保護された半次の話によると、先代の元締・吉兵衛は、風邪で寝込んだ翌日に急死した。その死顔は唇が紫色にただれ、手指の爪《つめ》が青かった。これを見立てた医師・道庵《どうあん》は心の臓が弱ってのことと片付けた。

しかし、遺体を見た半次には、吉兵衛が毒を盛られたとしか思えなかった。

調べてみると、道庵を呼んだのは権三で、このところ道庵は金回りが良く、深川で豪遊しているという事実が耳に入った。

さらに、吉兵衛の死後、上方に移ることになった道庵——神奈川《かながわ》の宿で辻斬りに遭《あ》って死んでいた。

半次は権三をそっと呼び出し、これを問い糺《ただ》したところ、いきなり用心棒に斬られ、堀にとびこみその場は逃れたものの、力尽きて源信寺の傍に流れ着いた。そこへ、和尚・芳秋の将棋相手の粂八が、芳秋に見送られ寺の外へ出て来て半次の姿を見つけた。

芳秋と粂八は、慌てて半次を寺に担ぎ込み、逆に権三襲撃を言いたてられ、深川の〝お尋ね者〟となった半次を匿ったのである。

肥前守はこれらの事実を、与力、同心に探索させ、権三の悪事を次々に暴き、〝うしお一家〟を壊滅させた。

「町場のことは町の者に任せりゃあいいが、弱い者が難儀をしていねえかどうか、もっと気をつけてやりな……」

肥前守は、権三を野放しにしかけた役人たちには、伝法な口調でこう戒めたという。

「〝うしお一家〟が潰れちまえば、それをいいことに、また、おかしな野郎どもが役人の目を盗んで、深川で悪さを始めるだろうが、なに、足の傷が治りゃあ、半次が黙っちゃあいねえだろう」

碇の半次にはお咎《とが》めなし。自然と、うしお一家は半次が仕切ることになるだろうと、肥前守は見ていた。こういう連中を押さえ込めば、世のはみ出し者は盗人や人殺しにはしることを肥前守は知っている。

「取次屋栄三、か。ふッ、ふッ、おもしれえ男がいたもんだ……」

それからのこと。肥前守は、自慢の煙管で一服やるたびに、秋月栄三郎の、どこか人懐こくて憎めない面相が、吐き出した煙の向こうに浮かぶのであった。

深川の騒動がすっかりと収まったある日の朝。

旅立つ駒吉を、京橋の南詰で見送る、栄三郎と又平の姿があった。

駒吉はこれより、〝江戸十里四方追放〟の刑に服することになる。

権三の悪事を告発したことは天晴《あっぱ》れではあるが、今まで片棒を担いだ罪もある。

権三、丹兵衛、六助たちは、あれこれ余罪も発覚し、生きて再び江戸の町を歩くことはなかろうが、ほとぼりを冷ます意味でも、一年間、追放刑に服するがよかろうという、肥前守の計らいであった。

「一年の間、駿府《すんぷ》の御役所で下働きをさせていただくことになりました。これも、先生と又平のお蔭でございます」

駒吉の顔は晴れ晴れとしていた。

「なあに、おれはただ又平に頼まれて、奉行所との間を取り次いだだけのことさ。だが、そいつは何よりだ。あの煙管がよほど効いたようだな」

あの日、根岸肥前守に直談判《じかだんぱん》して、駒吉の目こぼしを願った甲斐があったと、栄三郎は満足そうに駒吉に頰笑んだ。

それにしても、まことに行き届いた配慮に、肥前守の人柄が偲《しの》ばれて、その奉行の役に立てたことが喜ばしく、栄三郎の胸を熱くしていた。

駒吉は栄三郎に深々と頭を下げると、又平としんみりと頷き合った。もはや、又平には礼の言葉も、昔話も一晩語りつくした駒吉であった。

追放刑に処された者は、奉行所内で言い渡された後、同心に送り出され門前で親族に引き渡されることになる。

同心・前原弥十郎から、栄三郎が、天涯孤独の駒吉を引き取り、〝手習い道場〟で、その夜は久し振りに枕を並べ語り合った又平と駒吉であった。

その頃、奉行所を出たその晩は、受刑者が親族の家で一泊することは黙認されていた。

「それではお達者で……」

と、行きかけた駒吉は、あることを思い出し、すぐに又平に向き直った。

「又平、もう一つ、お前に言わずにいたことがあった」

「何だよ。残らず言っちめえ」

「仁兵衛親方はいつも、朝、気がついたら、お天道さまがお前を小屋に置いてくださっていたんだ……。そう言っていた。だが俺は、人が話しているのを聞いたことがあるんだ」

「おれが、どこに捨てられていたか、お前、知っているのかい」

「ああ、おれもお前も、浅茅ケ原の西っ方にある、総泉寺《そうせん》の御堂の裏の濡れ縁に、麻の葉柄の産着《うぶぎ》に包まれて捨てられていたそうだ」

「そうか……。そうだったのかい」

「余計なことを言っちまったか」

「いや、麻の葉っていうのは、よく育つようにという験《げん》かつぎだって聞いたことがあるぜ」

「そうなのかい。お前は先生の傍にいるから物識《し》りだなあ。へへへ、お蔭でおれもお前も良く育った。これも、親のお蔭か」

「馬鹿野郎、親方のお蔭さ」

「そうだな……。これでお前に何の隠し事もねえよ。それじゃあ、ご免なすって

「……！」


足取り軽く、駒吉は旅立った。

——おれには江戸に帰る所がある。

その想いが、追放の身の重さをすっかりと楽にしていた。

「旦那、何とお礼を申し上げてよいやら……」

去って行く無二の友の後姿を見送りながら、又平はがっくりとうなだれた。

——ずいぶんとしょげてやがる。しばらくはそうっとしてやるか。

そんな栄三郎の心配も何のその。又平はその寂しさを癒《いや》そうとしてなのか、それからというもの、毎日のように愛しいおよしのいる〝ひょうたん〟に出かけた。

駒吉が江戸を去って十日ほどたつと、もうすっかり元気になってこの日も〝ひょうたん〟の表で、栄三郎と何やら揉《も》めている——。

「又平、やっぱりおれはよしにするぜ」

「そりゃあねえですよ、旦那。およしがもう一度先生を連れて来てくれってうるせえんですよ」

「およしに会うのはいいが、おれはどうも、おしげが嫌だ」

「おしげはいい女とは言えねえが、何も嫌がることはねえでしょう」

「気立てはいいのだろうが、やはり嫌だ」

「どうしてですよう」

「あの顔を見ると笑っちまう。女の顔を見て笑うのは嫌だ。だがおれは笑っちまう……」

そんなことで揉めているのだ。

すると、そこへ親子連れが、通りがかった。

「あら、いつぞやの……」

親子連れは、粂八、おみつ、太郎吉であった。おみつは又平を覚えていた。

「ああ、あん時ゃあ、お騒がせしましたねえ」

又平は、栄三郎の袖から手を離して、会釈を返した。

匿っていた半次は無実であったとわかり、親子には平和な毎日が戻っていた。

粂八は田楽豆腐の辻売りに励み、源信寺の和尚・芳秋との将棋を楽しみに、女房、子供と仲睦まじい暮らし――。

太郎吉はペコリと頭を下げた。その手には、可愛い兎《うさぎ》の飛人形《とびにんぎょう》があった。竹に人形が飛び上がる仕掛けを施《ほどこ》したものである。

「おう、坊や、いい人形を持っているじゃねえか」

「政吉のおじちゃんが、おくってくれたんだ……」

「政吉……」

おみつが、からからと笑った。

「昔馴染みにそっくりだっていう、あの政吉さんですよ」

「ああ、そうかい……。あの政吉さんが、これを」

「はい、あれからちょっとして、旅に出られましてねえ」

「それで、これを送ってきたんですかい」

「はい。この子がほしがっていたのを知っていたようで。ほとんど付き合いもなかったのに、びっくりしましたよ」

「太郎吉、お前がほしいほしいって言うから、その声を、政吉おじちゃんが聞いてくれたんだろうよ」

粂八がそう言って笑った。

「付き合いはなくても、きっと政吉さんは、親子仲睦まじい様子に心を打たれたんでしょうよ。政吉さんに会ってみたかったねえ……」

又平はしみじみと頷いて、粂八、おみつ、太郎吉と別れた。

「駒吉の奴、旅の空の下で、あの親子のことを思い出して送ってやったんだな。なかなか洒落たことをするじゃねえか」

栄三郎が言った。

「やっかみながらも、あの親子にあれこれ教えられたんでしょうねえ……」

「うむ！　そういうことだな。では、おれは行くよ」

「へい……。て、旦那、どこへ行くんですよ」

「勘弁しろよ。だから女の顔を見て笑うような男に、おれはなりたくはねえんだ」

「そんなもの、すぐに馴れますよ。どこへも行かせませんぜ」

再び騒ぎ出す二人――その姿を見て店の内から暖簾が開いた。

「あら、又平さんに先生じゃありませんか」

ニユッと現れた顔はおしげであった。盥の底に墨でお多福を描いたような顔が笑っていた。

「あ、あ、あわわ……。ふ、ふ、ふ……」

笑ってはいけないと思うと余計おかしくなる。どうしておれはこう不謹慎なことで笑ってしまうのか……。でもおかしい。

栄三郎はついに走り出した。
暮れ行く空の彼方《かなた》で、入道雲が笑っているように見えた。

本書は二〇一一年二月、小社より文庫判で刊行されたものの新装版です。

一〇〇字書評

切・り・取・り・線

購買動機（新聞、雑誌名を記入するか、あるいは○をつけてください）

□（　　　　　　）の広告を見て	
□（　　　　　　）の書評を見て	
□ 知人のすすめで	□ タイトルに惹かれて
□ カバーが良かったから	□ 内容が面白そうだから
□ 好きな作家だから	□ 好きな分野の本だから

・最近、最も感銘を受けた作品名をお書き下さい

・あなたのお好きな作家名をお書き下さい

・その他、ご要望がありましたらお書き下さい

住所	〒				
氏名		職業		年齢	
Eメール	※携帯には配信できません	新刊情報等のメール配信を 希望する・しない			

この本の感想を、編集部までお寄せいただけたらありがたく存じます。今後の企画の参考にさせていただきます。Eメールでも結構です。

いただいた「一〇〇字書評」は、新聞・雑誌等に紹介させていただくことがあります。その場合はお礼として特製図書カードを差し上げます。

前ページの原稿用紙に書評をお書きの上、切り取り、左記までお送り下さい。宛先の住所は不要です。

なお、ご記入いただいたお名前、ご住所等は、書評紹介の事前了解、謝礼のお届けのためだけに利用し、そのほかの目的のために利用することはありません。

〒一〇一-八七〇一
祥伝社文庫編集長　清水寿明
電話　〇三（三二六五）二〇八〇

祥伝社ホームページの「ブックレビュー」からも、書き込めます。

www.shodensha.co.jp/bookreview

祥伝社文庫

がんこ煙管《ぎせる》　取次屋栄三《とりつぎやえいざ》〈新装版《しんそうばん》〉

令和 5 年 11 月 20 日　初版第 1 刷発行

著　者　岡本《おかもと》さとる

発行者　辻　浩明

発行所　祥伝社《しょうでんしゃ》

東京都千代田区神田神保町 3-3
〒 101-8701
電話　03（3265）2081（販売部）
電話　03（3265）2080（編集部）
電話　03（3265）3622（業務部）
www.shodensha.co.jp

印刷所　錦明印刷
製本所　ナショナル製本
カバーフォーマットデザイン　中原達治

Printed in Japan ©2023, Satoru Okamoto ISBN978-4-396-35022-2 C0193

祥伝社文庫の好評既刊

岡本さとる　深川慕情　取次屋栄三⑬

破落戸《ならずもの》と行き違った栄三郎。その男、居酒屋〝そめじ〟の女将・お染《そめ》と話していた相手だったことから……。

岡本さとる　合縁奇縁《あいえんきえん》　取次屋栄三⑭

凄腕《すごうで》女剣士の一途《いちず》な気持ちに、どう応える？　剣に生きるか、恋慕をとるか。ここは栄三、思案のしどころ！

岡本さとる　三十石船　取次屋栄三⑮

大坂の野鍛冶の家に生まれ武士に憧れた栄三郎少年。いかにして気楽流剣客となったか。笑いと涙の浪花人情旅。

岡本さとる　喧嘩屋　取次屋栄三⑯

大事に想う人だから、言っちゃあいけないこともある。かつての親友と再会。その変貌ぶりに驚いた栄三は……。

岡本さとる　夢の女　取次屋栄三⑰

旧知の女の忘れ形見、十《とお》になる娘おえいを預かり愛しむ栄三。しかしおえいの語った真実に栄三は動揺する……。

岡本さとる　二度の別れ　取次屋栄三⑱

栄三と久栄の祝言を機に、裏の長屋へ引っ越した又平。ある日、長屋に捨て子が出るや又平が赤子の世話を始め…。

〈祥伝社文庫　今月の新刊〉

乾　ルカ
龍神の子どもたち
新中学生が林間学校で土砂崩れに襲われた。極限状態に置かれた九人の少年少女は――。

門田泰明
成り上がりの勲章
横暴上司、反抗部下、そして非情組織――。企業戦士の闘いを描くビジネスサスペンス！

南　英男
けだもの　無敵番犬
弁護士、キャスター……輝く女たちを狙う、姿なき暴漢！　元ＳＰ・反町譲司に危機が！

岡本さとる
がんこ煙管《ぎせる》　取次屋栄三《えいざ》　新装版
栄三、廃業した名煙管師の頑固親父と対決！人の世のおかしみ、哀しみ満載の爽快時代小説。

泉ゆたか
横浜コインランドリー
困った洗濯物も人に言えないお悩みも解決します。心がすっきり＆ふんわりする洗濯物語。

佐倉ユミ
螢《ほたる》と鶯《うぐいす》　鳴神黒衣後見録《なるかみくろごこうけんろく》
「いいぞ鳴神座は。楽しいぞ芝居小屋は。こんな場所は。この世のどこにもねえんだ」